皺鰓鯊

間諜靜靜執起琴弓

安壇美緒
ADAN MIO

THE FRILLED SHARK HOLDS A BOW QUIETLY

ラブカは静かに弓を持つ

目錄

間諜靜靜執起琴弓

第一樂章

1

全日本音樂著作權聯盟的資料庫，位於不見陽光的地下。電梯顯示燈始終停在頂樓，橘樹見狀，無奈之餘，只能快步走向電梯間內側的逃生梯。

橘從陰暗的樓梯間奔下樓，一邊確認時間。如果會議室和資料部在同一層，就不需要趕時間。對方指定的地點太麻煩，更倒楣的是連電梯都不動。頂樓是理事室，今天大概又有名人拜訪。

橘任職於全日本音樂著作聯盟，簡稱「全著聯」。顧名思義，全著聯負責管理日本國內的音樂著作權。

「你來啦？不好意思，勞煩你跑這一趟。」

他推開沉重鐵門，來到地下一樓走廊，只見鹽坪信宏正在資料庫的玻璃門前等候。就是他找橘過來。橘的新主管是個普通的中年男人，穿著不太合身的西裝，舉止張揚。

「對不起，讓您久等了。」

「離約定時間還有一個小時啊。你特地爬樓梯下來？」

「因為電梯遲遲沒下樓。」

矮個頭的男人懷裡抱著兩個資料夾，伸手打開資料庫的門，笑說：「高層真辛苦，還得招待貴賓。」

地下一樓除了寬敞的資料庫，沒有其他主要房間，充滿獨特的寂靜。橘分發到總會已經一年，期間完全沒機會來到地下室。資料庫外緣沒有幾位員工。

兩人走進資料庫，鹽坪隨即彎下腰，鎖上門。

「關上門不要緊嗎？」

平常在辦公室一對一面談，不需要特地關起門來談。甚至為了避免爭議，有些人會堅持開一條門縫。在會議室關門倒可以理解，來到占地遼闊的資料庫，卻要鎖上出入口，感覺事情不太單純。

「嗯？」

「也許有其他人需要用資料庫……」

鹽坪走在橘前方一步，聽到疑問，背影傳來輕笑。橘的問題得不到解答。今年春天，橘剛調來資料部，不太清楚主管的為人。

沿著鋼製書桌之間的通道走向資料庫深處，傳來絲絲嗅不慣的氣味。老舊紙張擠在同一處的氣味。聽說資料庫裡最古老的樂譜，是寫在二戰之前。

全著聯管理的樂曲數量，國內外加起來超過四百萬首。

「橘，你是從宣傳部調過來的，對吧？」

「是。」

「進宣傳部之前是在哪？」

「仙台分會。」

兩人的對話內容甚至算不上閒聊。聊著聊著，資料庫最深處已經近在眼前。鹽坪突然在通道盡頭向右彎，來到了一個死胡同。

今天早上，主管突然對橘說「有事找你」。

橘原以為這句話只是藉口，實際上是想讓部門新人整理資料庫書架。他早知道資料部工作清閒，才主動提出轉調，分內工作只有整理書架也無妨。

整理書架反倒令他輕鬆，至少不用天天與他人交流。

「請問，您找我有什麼事？」

橘聽從呼喚，來到牆壁與書架之間的狹小空間之後，毫不期待地問。高大的書架，為這附近蒙上一層朦朧陰影。

鹽坪背對潔白牆壁，面對著橘，揚起如蛇蠍般的淺笑。

「你會拉大提琴，對吧？」

聽見主管口中冒出意料之外的詞彙，橘的呼吸登時一滯。

「你在學期間學過大提琴。從五歲到十三歲，說是小學期間比較貼切啊。自幼拉了八年琴，算是學得很久了。現在給你樂器，搞不好還拉得出一、兩首曲子？」

「我久沒接觸……已經生疏了。」

「你真謙虛，但是時候該收起你的美德。會拉大提琴很不錯啊？你也長得不錯，讓人知道就更受歡迎了。」

怦！橘的心臟彷彿提到耳際，發出巨響。怦、怦、怦，心跳逐漸加速，越來越激烈。

呼吸突然變得很難過，他下意識壓住喉頭。

「你的能力大概算業餘高級？初級頂多能拉出聲音，拉了八年，總不可能停在中級。哎呀，稍微忘記拉法也無所謂，重點是你不只能拉『拐機拐機』的聲音就好。」

「請問……」

「嗯？」

「您是聽誰說我會大提琴？」

鹽坪可能覺得橘緊繃的語調很有趣，又一次勾起嘴角。

橘不會在職場提到自己的隱私，更別說大提琴，他不可能主動說給人聽。

「是聽你說的，你自己主動提到這回事。」

「我沒有印象。」

「你只是不記得了吧。二〇一四年，也就是平成二十六年的七月十五日，全著聯的最終面試上，你確實說過自己會拉大提琴。我手邊留有筆記，你說若是曲子夠簡單，第一次接觸的曲子也能演奏。」

對方遞出一份檔案，橘翻開資料，指尖隨即僵住。

這是招募應屆生的履歷，上頭貼著橘學生時代的大頭照。空白處有人快速寫下紅色字跡。

大提琴，5～13，能拉第一次聽的簡單曲子。

「沒有人能完美記下所有記憶，更別提自己幾年前面試的問答內容。大部分人都記不得。八成是面試官當下裝作閒聊，問你：『很多學過音樂的人來應徵我們公司，你也學過樂器？』面試官難得主動問問題，找工作的學生不可能放過機會，甚至因為緊張過度，主動講出自己的小故事。」

「……請問我學過樂器，和資料部的工作有什麼關聯？」

全著聯的業務，是專門管理著作權。管理內容是音樂，不代表需要要求員工擁有突出的演奏技術。

橘問得冷靜，內心卻充滿恐懼。

自己在面試的最後一關，真的只提到這些？除了自己從幾歲到幾歲學過大提琴、能夠拉第一次聽到的簡單曲子，是不是還說了什麼多餘的事？

他努力回想，但人無法翻找不存在腦海的記憶。

「你春季之前都待在宣傳部，應該知道音樂教室那件事？」

話題突然遠離橘的經歷，他才鬆開了肩頭。

「您是指，聯盟要開始向大型音樂教室徵收著作權使用報酬？」

「關於這件事，你瞭解多少？」

「大致上知道聯盟的主張與論述依據，還有輿論強烈反彈。」

自從全著聯宣布，即將向大型音樂教室徵收著作權使用報酬，就越來越常登上媒體版面。網路上倒是偶有批評，說全著聯利慾薰心，想從民眾手中搶走音樂。這個國家很少人正確認識「著作權」。

「我稍微看過你的履歷，你在大學待過著作權相關的專題研究會啊？你原本就對音樂著作權有興趣，才來聯盟應徵？」

「不，我不算是特別有興趣。」

「所以你只是隨波逐流？」

「算是。」橘老實回答，鹽坪又揚起了笑。他仰望身材高挑的橘，勾起嘴角。

大多數人並非過著自己期望的人生，橘也一樣，他並非心懷大志才進入聯盟工作。他純粹是想去某個文科科系，選了法律系；著作權專題研究比較好加入，就進去了；全著聯福利不錯，又可以在應徵動機善用著作權專題經驗，他才順勢應徵。

目光偶然落到書架下層，每一份資料夾封面的固定位置，都貼上一張鮮紅貼紙。那是全著聯的標誌。

全著聯標誌很有名，比較關心時事的人，一定記得這標誌。

「下個月，對方要對聯盟提起訴訟。」

橘的視線順著話語上提，只見主管仍面露微笑。

「三笠率領的『音樂教室聯合會』準備向東京地方法院提出訴狀。他們希望請法院裁定，音樂教室裡演奏音樂不涉及著作權，沒有義務支付著作權使用報酬。萬一法院判他們勝訴，聯盟可就損傷慘重了。」

「三笠」是指「三笠股份有限公司」，主要製造、販售國內的樂器、音響設備，是世界最大的樂器製造商，聞名國內外。

三笠旗下事業眾多，又以經營音樂教室最著名。國內學生總計超過三十五萬人，從幼兒到成人，為廣大年齡層提供音樂教育。三笠音樂教室存在於大街小巷，任何小城鎮都看得到招牌。

而「音樂教室聯合會」由大型音樂教室為主，超過兩百五十個音樂相關經營者組成，聯合會之首正是業界龍頭三笠。由於全著聯主張在音樂教室課程中演奏樂曲，需要徵收著作權使用報酬，業界人士為了抵抗全著聯，一同組織了「音樂教室聯合會」。

「假如對方勝訴，無法徵收的金額會是多少？」

「粗估一年就少十億。頂樓的諸位高層想必會昏倒。」

依照全著聯數個月前發表的授權規章，日後將會徵收音樂教室每年學費收入的百分之二點五。橘也能預期，假如法院公開否決全著聯沒有權利行使規章，會嚴重影響全著聯的營運規劃。

「不過這場訴訟不可能敗訴。」

橘不曾聽聞聯盟打輸徵收著作權使用報酬的相關官司。他說完，鹽坪微露粉紅色牙齦，很滿意橘的回應。

「順便請教一下，三笠方的主張是？」

橘問道。鹽坪似乎早在等這個問題，舉起另一本資料夾。資料夾封面也印有顯眼的紅色標誌。

「簡單說，那些傢伙堅稱在音樂教室內演奏音樂，並不該當『為公眾』之演奏條件。你應該很清楚演奏權相關的法律。」

雖然橘馬上點頭，鹽坪仍翻開資料夾，宏亮地朗誦條文。

第二十二條（上演權與演奏權）

著作人就其著作，專有為公眾直接見、聞之目的（以下稱「公開」），上演或演奏之權利。

「關於演奏權的部分，只要他人演奏自己的著作，著作人就有權向使用者徵收使用報酬。一個作者做了某一首音樂，只要有人基於任何目的演奏該音樂，作者就能向演奏者要求相應費用。也就是說，有人使用全著聯管理的樂曲，我們就有權請求合理的金錢報酬。」

音樂著作的權利結構很複雜。

音樂家作詞、作曲之後，會將樂曲的著作權讓渡給音樂出版社，以提供音樂出版社宣傳該樂曲的正當性。音樂出版社成為權利人之後，多半會將著作權信託相關機構管理。其中最大型的音樂著作權管理機構，就是橘所屬的全著聯。

換句話說，一旦全著聯管理的樂曲著作權，遭受任何形式的侵害，他們有權利、也有義務針對非法使用者採取相應行動。

「三笠方的理由是……以成人為客群的音樂教室，多半以五人以下的團體班為主，或是個人班，講師與學生一對一教學。不論前者、後者，才藝課程基本上都辦在每週的固定日期，在場成員也是固定。音樂教室內的琴房等於極小型密室，又是在五人以下的固定成員面前，並不該當『為公眾』之演奏條件。」

對方另外主張音樂教室內演奏音樂，並非「為直接聽聞之演奏」；以及音樂教室使用著作，是為正當利用文化資產。但教室內演奏是否該當「為公眾」之演奏，將成為本次官司最大的爭論點。鹽坪唸完，將資料夾遞給橘。

「你聽到這，覺得聯盟會贏？還是三笠會贏？」

「若沒有意外，應該是聯盟勝訴。」

鹽坪聽完橘的回答，心情變得更愉快。

「所以你同意，音樂教室的講師只要是為複數學生示範演奏，聯盟就能徵收著作權使用報酬，是不是？」

「無關我個人的意見，本來就該依據判決先例。」

「依據判決先例啊……」鹽坪重複了橘的話，語帶玩味。

橘的發言沒什麼特別之處。全著聯的每個員工都知道這些道理。

「聯盟的人應該都知道……滿月俱樂部那件案子，也就是『卡拉OK法理』會成為立論依據。」

「不，你畢竟參與過著作權專題研究，我就想麻煩你教教我。」鹽坪半開玩笑地說。橘覺得很古怪，不懂鹽坪葫蘆裡賣什麼藥，更不懂他為何特地找自己到地下室面談。

「滿月俱樂部是一間小酒館，店內設置的卡拉OK歌唱區侵害了樂曲演奏權，全著聯要求支付著作權使用報酬，稱為『滿月俱樂部案』。被告是經營俱樂部的男子，但男子從未使用店內的卡拉OK設備唱歌。」

「被告並未使用卡拉OK唱歌，卻被判侵害演奏權？」

「該案的爭論點在於誰才是『演奏主體』。」

滿月俱樂部方主張「演奏主體」是店內女服務生與不特定多數的客人，他們才會實際在店內使用卡拉OK機唱歌。

基於前述主張，被告男子只是經營者，並非「演奏主體」。

「不過法院不會因為單一要因下判決。全著聯把焦點放在滿月俱樂部的管理、掌控與利益。」

「管理、掌控與利益？」

「所謂的『管理、掌控』，是指究竟是誰設置、操作卡拉OK機。『利益』則是指是誰以卡拉OK為賣點，招攬客人到店消費，提升營收。」

符合此兩點的「演奏主體」，正是滿月俱樂部這間店。橘平淡地解釋完，只見鹽坪點了點頭：「這角度倒是挺特別的。」

「店鋪本身成為『演奏主體』，提供設備供女服務生、客人歡唱，侵害演奏權。而擴張解釋使用主體的方式，稱之為『卡拉ＯＫ法理』。」

「所以你是說，音樂教室的案子也可以套用卡拉ＯＫ法理？」

「應該適用。」

「也就是說，這次案子的『演奏主體』並非實際以樂器演奏樂曲的講師或學生……而是音樂教室本身？」

「我想聯盟會以這套解釋應對官司。」

「所以你把音樂教室當成主體，講師、學生等同演奏流行音樂的樂器？這觀點真是太特別了，我大概一輩子都搞不懂法律人在想什麼。」

「不過，橘，你缺了『公眾』的解釋。」鹽坪笑說。橘輕微地嘆了氣，以防主管察覺。

「著作權法的『公眾』不能顧名思義，這不是指不特定多數的人。用一般口語的印象解釋會造成誤解。」

「是嗎？」

「著作權法的『公眾』定義有二。一是特定多數人，二是不特定人。這次音樂教室的案子是套用後者。三笠音樂教室不採會員制，只要支付學費，任何人都能輕易走進教室上課。換句話說，假設音樂教室為『演奏主體』，哪怕一位講師在狹窄的密室，只針對單一學生示範演奏，都算是侵害樂曲演奏權。原因在於該教室是向無數人敞開大門的『公眾場合』。」

橘察覺空調發出切換聲，不自覺望向天花板。不知道過了多久時間？感覺兩人的對話遲遲沒進展。

「不好意思，我是時候該告辭了。」

「這怎麼行？接下來才要進入正題啊。」

正題？橘回問，對方從裝履歷的資料夾裡抽出一張摺疊的彩色簡介。橘接過那張折成三折的光滑紙張，翻到正面，一枚黑色商標映入眼簾。商標寫著「三笠音樂教室二子玉川分校」。

「橘，我要麻煩你去三笠音樂教室臥底。」

主管提出要求的當下，四散各處的拼圖碎片，彷彿在腦中拼湊成型，橘登時全身僵硬。

怦！心跳聲再次鼓譟不已。

「你要成為三笠音樂教室的學生，像其他學生一樣上課，實際調查教室內的上課狀況。」

「……您要我去當間諜？」

「沒錯，我希望你到時親自上法庭作證，分享你在臥底期間的所見所聞。我們要準備好未來的證人訊問，一舉反擊三笠方。」

橘難以呼吸，伸手扶住胸口。鹽坪見狀，似乎誤會了什麼。橘這份緊張代表什麼意思，外人無從得知。

「說是當間諜，也不是叫你去敵國刺探消息。對方不是美國中情局，不是蘇聯國安會，更不是反社會組織，只是一間坊間的音樂教室，你不會遭遇任何危險。橘，你只要下班後，繞到那間教室，拉一拉擅長的大提琴，這就夠了。上上才藝課，療癒身心，一邊打聽消息。這不是很簡單？」

「面試場上的那些問題……」

「嗯？」

「聯盟是為了這次臥底，特地從幾年前就開始尋找間諜的合適人選？」橘氣若游絲，低聲問道。也許是為了保存重要文件，地下資料庫的空氣特別乾燥，他的喉嚨異常乾渴。

聯盟是個大組織。鹽坪一副事不關己，語帶深意地低喃：

「大組織的每個計畫不可能一朝一夕完成。你知道，卡拉OK法理的判決出爐後，已經過了幾十年。著作權法修正案施行，舊著作權法附則第十四條遭到廢止，也撤除公開播放錄音著作的限制。司法會隨時代改變。你以為聯盟從第一步開始需要多少步棋，才能著手向音樂教室徵收使用報酬？」

鹽坪直到幾年前都參與了人事工作，他笑著說：「我先聲明，會不會彈奏樂器和面試合格與否無關，免得你誤會。」

「不過啊，當初錄取應屆生時就在合用的人選做記號，我認為自己的確下了步好棋。畢竟派間諜這事不能曝光，又得一個個調查員工有沒有學過樂器，想必讓人傷透腦筋。橘，就拿你當例子好了，假如我午休時間隨口問你，你大概不會老實說。」

「臥底也是資料部的分內工作？」

橘短暫吸著氣，粗魯地問：「憑什麼我得去臥底？」

一份特別任務落到自己頭上，還要求自己久違十二年重新演奏大提琴。必須重新碰琴，比間諜云云更令他慌亂。

「這工作無關資料部，是直屬『實地調查委員會』。」

「『實地調查委員會』？」

「這個委員會由跨部門人員組成，我就是其中一員。委員會負責主導音樂教室的臥底工作。」

「三笠不是歡迎新手入學？更何況，聯盟內不缺會彈鋼琴的同事，我只不過是小時候學過大提琴，何必指名我？」

氣氛詭譎的地下資料庫角落，橘的心臟不斷喧鬧，聽在他自己耳裡，彷彿一聲又一聲爆炸聲。但他抬頭挺胸，面無表情，絕不讓別人察覺自己有多慌亂。

「不，有經驗的人比較適合，而且要技術好一點的。你想想，臥底時間有限，又得在臥底期間抓出非法使用管理樂曲的現行犯，找個人臥底，結果間諜前半年都在上運弓課本，浪費時間。我要能輕鬆拉出流行音樂的人選。」

「您去找其他員工，應該不少人做得到。」

「是我推薦你擔任間諜。這份工作說難不難，還是有適性問題。一個容易被情緒牽著鼻子走的人，再怎麼擅長樂器都做不來臥底。畢竟這次臥底時間長達兩年，足夠讓你在教室建立人際關係了。」

「兩年？」

橘驚呼一聲，主管露出細尖的齒列，說：「對。」

臥底工作在全著聯並不少見。基於工作需求，聯盟經常派人祕密調查轄區的餐飲店。偽裝成客人，實地調查酒吧、咖啡廳是否違法使用聯盟管理的樂曲。橘待在仙台分會時，偶爾也會負責臥底。

但臥底時間再長，頂多幾天時間，橘從未聽說聯盟內的臥底工作需要花上兩年。

「您要我在三笠拉大提琴拉到兩年？」

「就是這麼回事，橘，你只要去拉琴。能用聯盟經費學才藝，不壞吧？」

鹽坪指著橘手中的簡介，說：「你的臥底地點，就在三笠音樂教室二子玉川分校。」

「這間分校幾年前才剛重新裝潢，也就是旗艦店。學生、僱用講師的人數都不少，正適合調查三笠的教學內容。」

翻開簡介的三折頁，第一眼便是精緻優雅的休息區。另外還登了幾張可教學的樂器小照片，鋼琴、小提琴、鍵盤樂器、管樂器、弦樂器，甚至是電吉他、鼓。

上頭也出現一把大型弦樂器，可以抱進懷裡的大小，是大提琴。

「沒問題，我相信你能公事公辦。」

橘怔怔地望著大提琴的輪廓，主管又拋來文不對題的鼓勵。這名古怪主管想必誤會了，以為眼前的部下害怕當間諜。

對橘而言，臥底算不上大事。他只要按照鹽坪說的，下了班，繞去三笠上上課就好。他就算上了兩年課，也不會建立多特殊的人際關係。

橘個性內向，不愛參與各種應酬或交際活動。他甚至沒有能隨口聊天的好友，更別提在臥底地點和人多親近。單就適不適合長時間臥底，橘的確算是合適人選。

但加了一句「在臥底地點演奏大提琴」，就另當別論。

「臥底的事千萬要保密，別說溜嘴。今後你有事報告，就直接約在這吧。我負責管理這個資料庫，想談臥底的事，隨時可以來這開會。」

橘出了資料庫，按下電梯按鈕，顯示燈號隨即往下降。他仰望顯示燈，看著燈光緩緩下降，一再重複過淺的呼吸。

他心想，這是不祥的前兆。

這股驚悸席捲全身的當天，一定會夢見深海。

「我不知道三笠的講師會怎麼上課。」

兩人走進空無一人的電梯，等待電梯門關上時，鹽坪悄聲說。不自然的胡椒薄荷香氣飄散，令人不悅。

「假如對方問你有沒有想練的曲子，你就這麼回答，『古典樂很無聊，我想練流行音樂』。」

橘身在不斷升高的電梯，意識卻無止盡下潛。在不見一絲光線的深邃海中，一道幻影浮現，好似那蜜糖色的大型弦樂器，稍縱、即逝。

2

從東急電鐵田園都市線的二子玉川站出發，走一小段路，就會抵達三笠音樂教室二子玉川分校。全著聯總會大樓位在目黑大道，若不用趕路，搭東急巴士過去比較輕鬆。

小雨開始敲打傍晚的車窗，巴士乘客一口氣增加。橘望著擁擠的公車內，暗想，自己抱著大提琴可擠不上車。

大提琴的厚度至少是小提琴的三倍，全長約一百二十公分。扛著大提琴，不適合搭通勤時間的電車，或是雨天的公車。

綿密的雨線直落，橘的手下意識伸向胸前的原子筆。輕按位於上方的按鈕，按鈕的凸起登時縮進孔洞。

「媽媽，到了之後一定要買冰棒給我喔。」

時機正巧，男孩耍賴的聲音才剛響遍全車，車內隨即播放下車廣播。

橘預約今天的體驗課程之後，稍微調查了臥底地點。他尤其好奇教室的講師。三笠的網站刊登了各個講師的名字、長相與主要經歷。大提琴講師不多，把範圍縮限在二子玉川分校，就只剩一名講師。

淺葉櫻太郎。

畢業於匈牙利國立李斯特音樂學院。

滑過其他講師一覽表，沒有一位講師的經歷如此簡略，淺葉的簡歷莫名突兀。音樂界應該極為重視資歷，像是講師從幾歲師承哪位老師，畢業於哪間音樂大學，在什麼比賽得過獎。不少講師洋洋灑灑寫下自己的經歷，甚至刊上給未來學生的話，相較之下，淺葉的資料太過冷淡。

照片中的淺葉應該是正在演奏，身穿正式服裝，很有音樂家風範。他眼神低垂，看不清五官特徵，但輪廓修長，長相應該不差。男子年紀看似和橘相差不遠，但也只是拍照時的年紀，不知道他現在的歲數。這張相片也許是他年輕時最上相的一張。

橘心想，假如對方個性太固執，那就傷腦筋了。

冷淡是無所謂，萬一對方只認同古典樂，事情會變得很麻煩。三笠的經營方向應該算靈活，但每個組織總有一些人只按自己的規矩做事。自己沒辦法順利拉到流行樂的話，會很難辦。

「那妳要買冰棒給我！冰棒，不然果汁，一定要喔。」

吵鬧的男孩和母親從中段車門下車。橘目送他們離開，又一次輕敲胸口的原子筆。接著他將耳機塞入兩耳，接頭插進原子筆側面，接著以指甲按下筆夾內側的小小凸起。

媽媽，到了一定要買冰棒。買嘛、買嘛。

您城鎮的好鄰居、好診所。內科，小兒科，皮膚科，提供到府看診服務。本診所轉診源醫院也十分便利。

「下一站，終點站，二子玉川站。請各位乘客記得隨身攜帶的物品。」

司機的廣播聲落，望向窗外，轉運站近在眼前。汽車行駛的聲響太吵雜，拔下耳機，仍聽不見雨聲。

鹽坪給的原子筆型錄音機功能很不錯。儘管公車雜音多，仍能清晰錄下對象的聲音。

三笠的琴房隔音設備完善，想必能錄得更清楚。

公車已經停靠路邊，橘站起身，坐附近的中年婦女下意識仰頭看了橘一眼。橘快步下車，想逃離對方的視線。

工作地點到音樂教室有段距離，搭公車車程約四十分鐘。一想到自己未來每週都得重複這行程一趟，就提不起勁。

三笠二子玉川大樓幾年前剛落成，是三笠自家的總部大樓，更是繼銀座、新宿之後第三棟旗艦店。外牆別致新穎，融入街景不顯突兀，卻又引人注目，外人經常指定這座大樓當會合地點。

橘在路上仰望高樓，暗自讚嘆三笠的財力之高。

二子玉川車站通往市中心、衛星都市的交通足夠便利，周遭總是熱鬧非凡，三笠二子玉川大樓確實適合聳立於此。六層樓高的大樓，一、二樓販賣樂器、樂譜，以及提供維修服務。三、四樓是音樂教室用的琴房，五、六樓設有自家的表演廳，也提供場地出租。

橘本想在一樓的樂器店內閒逛到預約時間，忽然想起教室有休息區。休息區應該是供音樂教室的學生休息，自己預定在這上課，應該也可以使用。

從樂器店內的電梯來到三樓，眼前突然變得開闊。

樓層空間寬敞，中央設置裝飾精巧的大樓梯，彷彿置身豪華郵輪。樓梯前方正是休息空間，全新的桌椅造型簡潔，整齊乾淨，任誰看了都會一眼愛上。和市中心的咖啡廳不同，這裡人少、空曠，卻更提升其價值。

「您是橘先生？您預約了大提琴的體驗課程。距離課程還有一些時間，您可以在這附近稍作休息，並協助敝校問卷調查。」

一名頸上圍著絲巾的嬌小美女，遞給橘一份問卷。他接過問卷，來到大廳的椅子坐下。他隨便在問卷上圈選，大樓梯也出現一個又一個下樓的人，應該是學生。現在大概是下課時間，學生正要交替。

抱著小提琴盒、薩克斯風箱的，都是中高年齡層的男人。兩人身高相近，矮矮胖胖，散發一種好人氣質。方才的櫃檯小姐和那兩人有幾分相似，都散發富人特有的氛圍。

內側電梯敞開，拉走橘的注意力。

香檳金色的硬殼盒。

是大提琴。

寬大的輪廓一入眼，心臟猛地一跳。用力吸氣，胸口仍揪緊，彷彿缺氧似的。

橘光是見到大提琴的形狀，一股難以言喻的不安登時席捲全身。

早知道會如此難過，之前應該說謊甩掉工作。應該告訴主管，自己以前手指受過傷，沒辦法再拉大提琴。他恨自己的笨拙，為什麼連這點腦筋都不會動。

他本以為自己不會再碰大提琴。

恐懼如沙礫，逼得上臂一陣雞皮疙瘩，雙眼卻追著香檳金色的大提琴盒。大提琴盒運到稍遠的桌子，放在桌旁的地上，下一秒，橘和大提琴盒的主人對上了眼。

對方看似女大學生，氣質很純樸。

女孩瞪圓了眼，微微點頭致意。橘模仿對方的動作回禮，目光隨即拉回問卷，暗自內疚方才一連串的無禮舉止。

從陌生人的角度來看，自己太令人不快了。

「橘先生，課程已經準備就緒，現在就帶您前往琴房。」

橘聽見櫃檯喊了名字，隨即站起身。在大廳前進幾步，肌膚隨即感受到室內的清新空氣。

任何樂器都容易受溼度影響。從各個角度都能感受到，三笠音樂教室為學生、樂器提供了最舒適的空間。

「您走路會不會滑？」順著大樓梯向上走，櫃檯小姐出聲關心，橘簡短回答：「還好。」

「聽說外頭突然下起大雨……」

「我當時正好在公車裡，下車的時候已經雨停了。」

「原來，真是幸好。」

櫃檯小姐語氣優雅，似乎有話難以啟齒。橘心裡有個底，上了樓梯，目光滑向前方通道的另一頭。四樓通往教室的通道，畫出一道圓滑弧線，左右存在幾扇門，門內應該就是琴房。

最內側的房間，房門已向外敞開。

「那一間琴房就是您的教室。今日的體驗課程是由淺葉老師負責，不過……淺葉老師和橘先生正好相反。」

「相反？」

「他外出當下，正巧雨勢突然變大……」

櫃檯小姐神情略帶困擾，側了側頭：「他的儀容只限今天，要麻煩您多包涵。」

橘還來不及思考要「包涵」什麼，弧線底端的房內景象已經出現在眼前。

「淺葉老師。」櫃檯小姐柔聲呼喚，房內的男人隨即起身。

「這位是今天預約體驗課程的橘先生，他想上高階個別課。課程結束後我會再過來，請您多多關照。」

橘跟著櫃檯小姐一起鞠躬，暗自疑惑，這傢伙搞什麼？

講師一身棉衣棉褲，像是居家服，頭上裹著白毛巾，服裝和教室風格一點也不搭。

「敝姓淺葉。今日課程時間雖短，請你多指教了。」

三人站得不遠，但他的音量稍大，可看出講師善於社交。他站得直挺挺的，反而讓人聯想到舞臺演員。眼神直視眼前人，明亮且有力。

但比起講師給人的印象，橘更注意他不得體的裝扮。

「淺葉老師剛剛才從便利商店買來這身衣物。」

美麗的櫃檯小姐柔和微笑，幫忙解釋：「您回來的時候，全身溼透了呢。」

「這場豪雨來得太突然。我到便利商店的時候，全身已經溼到回不了琴房。」

「您回教室時，我還差點認不出您是誰。」

淺葉笑得輕抖肩頭，說：「我乾脆剪個頭髮好了。」

剛買的T恤還留有摺痕，黑色棉褲配上橡膠涼鞋，打扮已經很隨興，再加上頭上的毛巾。淺葉的頭髮可能還沒乾，白毛巾直接裹成印度頭巾狀。

用不了幾秒，就可看出這人從骨子裡就很外向。

「不好意思，花了點時間說明，我會從現在開始計時三十分鐘。」

櫃檯小姐離去後，通道驀地靜下來。「請進。」淺葉開口邀請，橘又鞠了一次躬。

琴房比預想得更狹窄，裝潢簡樸。一間人數少的卡拉OK包廂，搬走沙發、螢幕，差不多就像這間琴房的擺設。橘以前去的大提琴教室是獨棟房屋，和這裡風格大相逕庭。

地上橫放兩把大提琴。橘瞥了一眼，心跳更是鼓譟。

「橘先生，您想上高階課程？也就是說您學過大提琴。請問大概學幾年了？」

淺葉比了比門旁的椅子，橘走到椅子前坐下。淺葉從牆邊的辦公桌拿來單線簿，開始寫筆記。

「我從五歲學到十三歲，之後就完全沒接觸。」

淺葉來到橘的面前坐下，讚嘆道：「哦？五歲就開始學了啊。」

「您學大提琴的時間比我還早，真了不起。」

「是嗎？」

「我原本是學鋼琴入門，十一歲才開始碰大提琴。橘先生學得比我早。」

兩人閒話家常，橘同時不動聲色，仔細觀察琴房每個角落。屋內不見日常生活該有的氛圍，可能每個時段會更換不同講師。扣除課程需要的用品，房內沒什麼淺葉的私人物品。整個空間整齊乾淨，只擺放最低限度的用具。

瞥過牆上，時鐘的秒針輕移一下。

「那您就是隔了十二年才回來拉大提琴。可否請教一下，您怎麼會時隔多年又想回來學琴？」

「我的生活只有工作，沒有其他興趣，想說隔了這麼多年，乾脆再開始拉大提琴。」

「原來如此，您的工作很忙？」

「算忙。」

「音樂可以放鬆心情，也適合用來喘口氣。」

毛巾男揚起笑容。看他剛才和櫃檯小姐的說話態度，個性應該很討喜。年紀看似和橘相近，也可能稍長橘幾歲。

他在網站上的經歷，明明給人一種執拗的感覺。橘想到這，手急忙伸向胸口口袋，原子筆還插在口袋內。

「啊、那枝筆。」

「咦？」

「筆放在胸口會刮傷樂器，要請您拿下來。」

橘的後頸一涼，還以為對方察覺了什麼。「不好意思。」他拿出筆，故作隨意地放在附近的譜架上。淺葉沒有對此多說什麼。

他早就無聲無息按了按鈕，錄音鈕確實壓平了。

心臟本來因為眼前的大提琴加速不少，現在又夾雜其他情緒。各種憂慮攪成一團，像是一條透明絲線纏住了心。

除了自己第一次出了破綻，再來就是臥底時總是會疑神疑鬼，令他忍不住懷疑，眼前人說不定察覺了異狀。

課程中，他與講師的距離比預期的更接近。

這裡和橘以往調查過的酒吧、餐廳不同，也不像兒時去的獨棟大提琴教室。要在狹窄的密室裡，欺瞞坐在正前方的人，也許比想像中來得辛苦。

淺葉當然不明白橘心底的糾結，繼續聊著音樂。

「對了，剛才提到放鬆。音樂確實可以療癒人心。只有音樂，可以走進一個人疲憊的心靈。尤其是大提琴，據說大提琴的音域最接近人聲。」

淺葉撐起地上的大提琴，將其中一把遞給橘：「來。」

「本校還是得為學生分級，現在可不可以請你拉一首曲子？需要樂譜的話，這裡有課本。您稍微熱身一下，隨手拉個感覺給我。這不是考試，放輕鬆演奏就好。」

橘按照淺葉的指示，手伸向大提琴。光是輕輕握住指板（註1），心臟的聲響就越發激烈。

但是，他一拉過木製琴身，一絲懷念之情悄然升起。

橘將大提琴橫放膝上，從琴身尾端抽出內藏的棒狀金屬。大提琴體型較大，內附的琴腳可以讓琴身固定在地板。他調整琴腳長度，讓尖端刺入地板上的木製腳架，以琴腳為支點，撐起大提琴。

兩腳膝蓋夾住琴身，感覺有些古怪。

上方的指板位置，也比記憶中低很多。

「橘先生，您身高夠高，琴腳應該要再拉長一些。」

「……的確。」

淺葉出聲指正，橘又再一次橫放大提琴。輕旋尾鈕，把琴腳再拉長一點。

訝異驅散了迷霧，不知不覺安撫了心悸。

橘發現了兩件事。一是記憶中的自己，比例尺和現在的自己差距不小。另一件事，自己之於大提琴，體內仍藏有恐懼以外的感受。

「看來您以前學琴的時候，身高和現在不同。手感是不是不太一樣？」

「確實不一樣。」

註1　指板：為弦樂器琴頸前方的長條木板，布有琴弦，用來按壓琴弦，調整音階。

「您成長期之前就不再拉琴，應該差很多。」

橘低聲回應後，再次撐起樂器。琴腳拉長之後，大提琴的背板上緣這次靠在左胸的正確位置。

自從「那起事件」的那一天之後，這是橘第一次讓琴身靠上左胸。

「琴弓已經抹好松香，您可以直接演奏。也調過音了。」

橘從淺葉手上接過琴弓，內心升起另一種緊繃。俯視大提琴面板，琴馬頂端，四條拉緊的琴弦，直挺挺伸向自己。

橘執起琴弓，不壓指板上的琴弦，先在琴弦放開時拉出聲音。

嗡——沉重的低音，顫動琴房的空氣。左胸鎖骨下方觸著琴身，音壓震得那處隱隱發麻。

久違的大提琴音，令他頓時眼前一亮。

「音色很美，對不對？」

淺葉開朗地說：「你經過空窗期，想必更容易為琴音的深度感動。」橘接著滑過幾次琴弓，奏出柔和深邃的琴音。

「請問，我拉什麼曲子都可以？」

「當然，這不是考試，喜歡什麼就拉什麼。」

「我記得不是很清楚，連曲名都忘了。」

「沒問題，儘管拉。」淺葉的話推了橘一把，他決定拉奏自己以前最常拉的練習曲。

左手手指壓上指板上方的琴弦，輕輕吸了口氣，垂下眼簾，右手持弓，緩緩磨過琴弦。

心有擔憂，手卻有了行動。

旋律猶如畫中泉水，清澈、乾淨。

這首練習曲極為簡單，甚至找不到原曲音檔。是杜超威大提琴練習曲中的一首曲子。

「謝謝你，拉得很好。」

四分多鐘的演奏結束，淺葉鼓掌道。

「聲音很優美。」他低喃著，在單線簿添了些字。橘感覺對方的脣角比方才更高了些，剛才的演奏應該沒問題。

「我大概是這個程度，適合上高階課嗎？」

「綽綽有餘啊。空窗期讓您的動作有些生硬，但基礎紮實，持弓姿勢優雅，抖音悅耳好聽，也順利拉完整首曲子。您想必當時練得很認真。」

看對方欣喜的神情，橘難得有了自信，自己也許比這裡學生的平均實力還要出色。小小的喜悅，稍微點亮了他底片般微薄的自尊心。

「請問您學大提琴的契機是？五歲就開始學的話，是父母推薦？」

「我的外公喜歡大提琴，我也是去外公朋友開的教室學琴。」

「您記不記得以前拉過什麼曲子?發表會上的曲目之類的。」

「我以前都依照老師的教學方針,多半都練習不會出CD的練習曲。從威納、杜超威、李到施羅德,還有一點點杜波特的曲子。」(註2)

「哦?看來老師很傳統。」

淺葉又問了橘,以後是否有學習目標,或是特別想演奏的曲子。橘聞言,瞬間強烈在意起譜架上的原子筆。

「我想拉看看流行音樂。」

正方形的小琴房中,這句話顯得特別清晰。

「不錯啊,像是哪一種流行音樂?」

「我剛才也提過……我以前的老師比較嚴格,只會讓我拉古典樂。」

淺葉苦笑道:「確實,偶爾會出現這種狀況。」

「所以我莫名有點嚮往,像是電影配樂、流行歌曲,很想用大提琴拉拉看這類

註2 這些音樂家都有曲譜傳世,是練習大提琴時必學的幾本琴譜。
威納(Joseph Werner):一九二二年生於德國慕尼黑,是作曲家、大提琴演奏家和教師,著作《威納大提琴實用法》。
杜超威(Friedrich Dotzauer):一七八三年生的德國大提琴家、作曲家。著作《大提琴練習曲》。
李(Sebastian Lee):一八〇五年生於德國漢堡,活躍於英法的大提琴家。著作《旋律與進階練習曲》。
施羅德(Karl Schröder):一八四八年生於德國的大提琴家、作曲家和指揮家。著作《大提琴基礎練習曲》。
杜波特(Jean-Louis Duport):一七四九年生的十八世紀法國大提琴家。著作《21首大提琴練習曲》。

時下流行的音樂。」

像是內心藏有一份靜默的熱情，橘細心唸誦事先準備好的臺詞，明確地分隔一個個詞彙。

「電影配樂呀？很好啊，我也喜歡拉流行音樂。有沒有特別喜歡哪一位作曲家，或是想演奏流行音樂的哪個系統？」

「我不太清楚自己現在的程度，還說不出具體的種類。」

「我想以橘先生的能力，再練習一陣子應該想拉什麼都拉得出來。基本上課程內容會按照課本進行，但您希望上一對一課程，有任何期望，我這邊都可以通融的。」

淺葉又問：「您自己有大提琴？」

橘搖了搖頭。「我現在手邊沒有大提琴。平時要通勤上班，有琴也很難帶著走。總之上課期間是否能借用教室的大提琴？」

「當然可以，很多學生都是借用教室的樂器。」

淺葉的手伸向自己的大提琴，答：「畢竟成人班不要求學生在家練習。」橘現在使用租借用的大提琴，而淺葉的大提琴琴身更有光澤。

「假如您環境允許，練習時間當然不嫌多。不過社會人士工作忙碌，而且許多人家裡隔音不夠好，很難在家拉琴。天天接觸樂器，確實能更快提升琴藝，甚至能買一把自己專用的大提琴，當然再好不過。不過也不是一定要對自己這麼嚴格。帶著輕鬆的心情開始學習，每週拉一次大提琴，拉完就回家，這樣也很好的。」

這番話聽起來，與其說是解釋三笠的教學方針，更像是淺葉的真心話。「我放心了，幸好您不會出回家作業。」橘說道，露出淺笑，淺葉回以爽朗的笑容：「我們教室沒這麼嚴格。」

橘心想，實際接觸才知道，這份工作也許格外簡單。

他只要每個星期五下班後，空手來一趟教室。

「順便請教一下，您現在還有去其他教室參觀？」

「不，我沒特別去其他間參觀。」

「假如我們教室符合橘先生的需求，非常歡迎您來上課。您基礎夠紮實，只要持續上課，琴藝一定會越來越精湛。而且不管活到幾歲，能拉自己喜歡的曲子一定很開心。」

頭包毛巾的男子說道：「那麼課程最後，就讓您欣賞一下講師的技巧。」接著，他立起大提琴，微微低頭，拿好琴弓。

十幾秒的快板示範演奏，正適合吸引來體驗的學生。說是演奏，更像是慶典的雜技表演。

橘見到淺葉垂眼拉奏的模樣，忽地憶起教室網站上的照片。

「講師上課大概是這種感覺。再來就看學費、日期，各種條件符不符合需求，再麻煩您參考一下。」

「那，我希望從下星期開始，就麻煩淺葉老師為我上課。」

淺葉垂下琴弓，聽橘這麼一說，隨即抬起頭。此時房門傳來敲門聲，以及一句話：「時間到了。」

譜架上，原子筆外型的錄音機悄悄運作著。

3

兒時曾往來大提琴教室很長一段時間，教室附近的景象，橘至今記憶猶新。那是平凡無奇的住宅區，離地方城市的車站有一小段路。那附近貼了幾張大提琴教室的指引標示，當時也有一道顯眼的招牌，就掛在「案發地點」的那條巷弄。

他記得很清楚。

「這次會開立更強效的安眠藥物，假如狀況沒有改善，您可能需要考慮嘗試其他方法。」

但願在藥物產生依賴性之前，可以找到用藥以外的解方。身心科醫生嘆道。他戴著很時尚的眼鏡，在面前的電腦輸入資料。灰棕色短髮旁，露出黃色三角形耳環。

「咖啡呢？最近量有沒有減少？」

「我不能在上班期間打瞌睡，怎麼也減不了。」

「要請你盡量注意咖啡量。很多人喝咖啡提神，但是咖啡因、安眠藥，又咖啡因，會變成惡性循環。」

醫生問起有沒有喝酒，橘回答自己滴酒不沾。醫生又問他平常有沒有運動習慣？橘低聲道：「頂多偶爾游泳。」

「有游泳的當天晚上狀況如何？還是一樣難入睡？」

「一樣，沒什麼變化。」

沒什麼變化……對方聞言，回答語帶遺憾，橘不禁撇開目光。

「安眠藥突然無效，會不會是因為工作壓力？像是工作量增加、職場的人際關係有變。」

「應該是因為工作量增加……工作內容……有一點特殊。」

「辛苦您了。」醫生簡單安慰了一句，橘也隨口回應：「是很辛苦。」

「我不建議繼續增加藥量，畢竟睡意容易殘留到隔天。您除了服藥之外，要不要找找看其他方法緩解壓力？例如芳療、閱讀之類的。」

「那類方法……該怎麼說……」

真的有效嗎？橘遲疑地問，醫生給了肯定的答案。

「效果當然因人而異，但不能小看藥物之外的輔助。對了，聽音樂怎麼樣？療癒系音樂可以舒緩緊繃過度的神經。」

自己在這間失眠門診看了一年。假如醫師之後不願繼續開立藥物，也許是時候換醫院了。

橘總是無法長時間待在同一個地方。

醫師說：「那麼，下次回診一樣安排在一個月後，我們就再觀察狀況。」

橘剛握住診間門把，三角耳環醫師出聲叫住他：

「這是我個人的想法，也許您是時候該思考一下失眠的原因。本診所也附設諮商室，若有需求，隨時歡迎您。」

醫師至今已提過好幾次相同建議，橘現在又聽到一次，甚至懶得回應。他鞠躬道了謝，離開診間，莫名覺得走廊離候診區很遠。

橘知道，症狀和自己類似的人多的是，只是自己從未在走廊和其他病人擦身而過。東京都內的失眠門診很難約到初診。社會上存在更多無法自然入睡的人。

橘本來就患有慢性失眠，但這幾天症狀尤其惡化。

「赤坂派真是吵死人了，他們能不能別把聯盟的理事室當成休息室。」

啪。清脆一聲，劃破午後的迷茫睡意。

鹽坪一現身地下資料庫最內側，一臉不悅，煩躁地把新聞稿捏成一團，扔向另一手手掌。

「赤坂派……是什麼意思？」

橘一問，鹽坪訝異地轉過頭來，問：「你不知道赤坂派？」扣除半強制參加的歡迎會，橘幾乎不會參加同事間的酒會，也比他人更不懂公司內部政治的現狀。

「高層也分派系，赤坂派、神樂坂派，頂多在會議上用到這些稱呼。我不喜歡赤坂派，他們太低俗了。」

聽鹽坪的口氣，可以推測鹽坪應該屬於神樂坂派旗下。今天一大早，的確有許多幹部級人物出入聯盟，橘也撞見高級轎車停靠聯盟正門。

「聽說文化廳（註3）方才的反應，要歸功於赤坂派事前遊說。我不知道這件事是真是假，總之那些傢伙因為這事，興奮得像在辦祭典。」

今天上午，全著聯召開記者會，正式宣布要向音樂教室徵收著作權使用報酬。同時也在著作權使用報酬規章內，加入「音樂教室內之演奏」項目，提交文化廳。

三笠方之前已經向文化廳申請，希望官司結果出爐之前，別接受全著聯的規章修改，文化廳卻立刻接受修改申請。

「我聽說三笠方也接觸過文化廳？」

「你說的是他們提出請願書，拜託文化廳指導全著聯，別向音樂教室收費？聽說他們還花大把精力，搞了個賺人熱淚的連署活動。」

鹽坪揚起臉頰，譏諷一笑：「他們未免太小看威震天下的全著聯。文化廳和全著聯本就關係密切。」

註3　文化廳：主要職掌日本國內文化、宗教相關事務。

「這下三笠方形同熱鍋上的螞蟻，對方差不多要提起訴訟了。你那邊事情進展還順利？」

「很順利。」

實際上過課，就知道工作很單純，橘答道。鹽坪笑彎了眼：「真可靠啊。」橘能力出眾，卻因為個性陰沉，時不時遭長輩厭惡，這位新主管卻不知為何很欣賞橘。

「預定本週就要使用流行音樂的樂譜上課。」

「我記得你之前說講師可能很不好說服，問題解決了？」

「那只是我杞人憂天。」

橘客套地笑了笑，鹽坪也露出小顆齒列，道：「我想也是。」

「成人音樂教室，講白點就是服務業。不管學生演奏有多爛，講師都得大聲稱讚，讓學生聽得舒服。堂堂音樂家自尊心太強，可做不來這份工作。」

主管的譏諷刮過橘的心房。他不禁想到，之前淺葉稱讚自己琴音優美，自己不自覺得意起來。

「錄音設備也沒太大問題，聲音很清楚。現階段課程的錄音資料不會當作證據，但不知道之後會用到什麼。總之我希望你每次寄電子郵件報告，把錄音音檔連同報告書一起寄過來。不過郵件標題要偽裝一下。資訊部的主管是赤坂派的，我可不希望出了什麼意外，讓資訊部的傢伙發現我們的行動。」

鹽坪又喊了橘的名字，橘才驚醒。自己居然差點站著睡著。

「……讓您見笑了。」

「你午餐吃太多了吧？能睡就是健康啊。」

見主管隨口帶過，橘鬆了口氣。對方認為自己還算健康的年輕人，對自己來說比較方便。

橘患有失眠超過十年，最近幾天卻異常難睡。吃了藥也睡不著，直到快天亮才終於斷電。不久後又被鬧鐘轟炸，頂著一張死人臉刷牙洗臉，神智不清地隨著電車搖來晃去。拖著作嘔的睡意抵達工作地點，泡了好幾杯咖啡往胃裡灌，胃食道逆流也很嚴重。他來資料庫之前也灌了杯咖啡，以防萬一，結果還是這副慘樣。

起因就是他在三笠拉大提琴的那一天。那一天之後，他再也睡不著了。

「大概下週或下下週，對方的訴狀就會送到聯盟。對方有動靜，我會再聯絡你。就有勞你繼續蒐證。」

橘聞言，點了點頭，內心卻顧不上臥底工作。他一鬆懈就會反胃，全身莫名躁動，只有腦子特別冷靜。

果然都要怪大提琴？

他直接摸到樂器，本以為終於可以擺脫體內無限膨脹的恐怖幻境，在那之後卻怎麼也無法放鬆。腦內某一處異常清醒，入了夜卻睡不著。

課程本身不難應付，但再折騰下去，他也做不久。

「明明你中間空窗很久，第一次接觸這首曲子，卻可以拉得這麼順，很厲害了。是因為你音感不錯？」

淺葉接著溫聲指導：「你在副歌的部分稍微縮了肩膀，拉的時候要充分活用整條手臂。」

兩人的定期課程定在每週五，而課程的第一天，橘挑戰了著名海盜電影的主題曲。他在大廳旁的商店買了一本樂譜集，標題是《快樂演奏大提琴——流行音樂篇》，裡頭收錄了該主題曲的樂譜。

淺葉的頭上沒了毛巾，頭髮的確很長。假如他去一般公司上班，可沒辦法頂著這頭長髮；他現在身上不是便利商店賣的棉衣，換成了連帽上衣，儀容還是很休閒，和上次體驗課時差不了多少。

兩人這是第二次見面，淺野卻早早改了語氣，變得比較隨便。

「還有，再表現得有『那種感覺』一點會更好。」

「那種感覺？」

「這首曲子是大夥出發去冒險的感覺，所以拉的時候可以再多一點玩心，或是更活潑一點比較好。你看，最後這部分音高上揚，自己會跟著高音一起興奮起來，對吧？」

淺葉一頁一頁翻過樂譜，手掌壓在最後一頁，隨後拿起自己的大提琴，快速拉奏同一段。

他推拉琴弓，輕快地搖頭晃腦。橘見狀，心中率先跳出一個感想，淺葉的動作很像歐美人士。說起來，淺葉的確待過國外，橘記得淺葉去匈牙利留學過。

大提琴活潑的琴音，在狹窄琴房中輕盈跳動。和自己方才的琴音完全不一樣。旋律相同，聲音卻比自己立體很多。

每一個音都無比生動，活靈活現。

「大概像這種感覺。演奏者嗨起來，旁邊的聽眾才會跟著嗨。快樂的曲子會覺得愉快，胡鬧的曲子就要吵鬧。」

淺葉說得簡單，但他的音樂裡確實蘊藏不知名的某種事物。

之前聽體驗課程的快板演奏還感覺不出來，橘現在確實感受到淺葉琴藝精湛。

「我可能一口氣說太多了。橘的實力不錯，我下意識就要求太多了。」

淺葉接著說：「那就再一次，記得把肩膀放下。」橘再次舉弓，他可以阻止自己縮肩膀，卻沒辦法馬上用全身表現那種歐美節奏。

不過橘每拉一次曲子，心情就稍微變輕鬆。腦中彷彿出現寬廣的海洋景色。自己天天往來家裡和公司，不可能真的欣賞海景。

音樂很神奇。

能夠喚起現在眼前不存在的任何情景。

「嗯，放下肩膀就好多了。手臂充分伸展，聲音也變流暢。你也比剛才帶了更多感情。」

淺葉讚道：「橘，你修正得很快喔。」橘簡單應了一聲，把樂譜翻回第一頁。

這份樂譜集裡的曲子，全都歸全著聯管理。

根據卡拉ＯＫ法理，在這狹小琴房中，橘練習演奏、淺葉為橘示範，兩者一樣構成侵害演奏權。

「我覺得除了你以前基本功夠紮實，也要歸功於你和大提琴很合拍。每一個人適合的樂器不同。你給我的感覺是，你會一邊拉一邊摸索，找出最適當的時機，拉響弦音。」

淺葉信心十足地說：「你想必有成為音樂家的天賦啊。」

音樂教室就是服務業。橘感覺不知名的某處傳來一句嘲諷。

「好，那我們之後該用什麼步調進行課程？你想仔細調整一首曲子的演奏技巧，還是想拉很多不同的曲子？我覺得你碰到任何曲子，都能馬上彈出一個樣子，不如好好挑一首曲子，認真面對演奏的細節。」

淺葉詢問橘的意見，橘不禁猶豫了片刻。

「……我也許演奏各種樂曲，會比較能轉換心情。」

「是嗎？那我們之後就照這個方針進行。」

上級認為上法院的時候，課程裡演奏過的樂曲越多，對聯盟越有利。「那我們下週繼續練習今天的曲子，到一個段落之後再換曲吧。」淺葉語畢，讓自己的大提琴側躺在地上。

下課時，橘趁著收樂譜，連同原子筆一起收進公事包。

「你之前說，你是中學的時候放棄大提琴？」

一般人空窗期這麼久，可沒辦法像橘拉得這麼順。淺葉親切地笑了笑，他應該是純粹喜歡和人聊天。

橘總是盡力避免與他人交流，他很難理解淺葉的親切。

「是，我只學到國一的冬季。」

「你的基礎打得很好，以前是想升音樂高中？是因為考試類型才放棄大提琴？」

「對，是因為考試類型。」橘提起公事包，附和道。淺葉也站起身，說：「也是，很多人不知道要進普通高中還是音樂高中。」

自己今天也沒有失誤，進琴房之前就按下錄音鍵。

「那我們要先決定下星期的新曲？還是到時候看心情決定？」

「那就，下星期再決定。」

橘隨口答道，淺葉輕笑：「那就下星期見。」

「我要上去，要搭嗎？」

電梯裡，貌美女子甜笑著問，橘故意冷淡回答：「我要搭。」他懊惱地心想，電梯在午休時間老是擠滿人，居然還在麻煩的時機回到自己面前。

橘還在宣傳部的時候，和總務部的三船綾香在同一樓辦公，她最近忽然常找橘搭話。

「你午餐又吃小七？老是吃便利商店，都不會營養失調呀？」

「應該會出問題。」

「公司附近的餐廳午餐不到日幣一千圓呢。天天外出用餐是有點麻煩啦，橘願意陪我的話，我倒是想去繞繞看。」

橘很不喜歡對方這麼大膽地拉近距離，總是盡可能遠離她。若沒出大事，橘應該會一直待在聯盟工作，他可不想讓人說閒話。

不過，只有橘會對三船敬而遠之。三船在組織內的地位很特別，說得老套一點，她以才貌雙全聞名，總能順利推動原本不可能通過的計畫，獨特手腕受人敬佩。

三船甚至憑藉普通員工身分，獲得出入頂樓的許可。

「聽說大道那邊的小巷子，有一間新開的義大利餐廳。公司的人也許不會去到那邊，下次要不要一起去？」

「我習慣在自己的座位吃午餐。」

「那晚上呢？比如說星期五晚上，有空嗎？」

「我週五晚上有事。」橘說完，在三樓出了電梯。「那就挑別天。」銀鈴般的嗓音追到橘耳邊。她的外貌看似楚楚可憐，骨子裡倒是活潑又積極。

橘才鬆了口氣，煩人的睡意趁隙襲來，他用力按了按眼頭。

「橘，來一下。」

湊良平從會議室旁冒出來，叫住了橘，橘勉強撐起沉重的眼皮。兩人沿著走廊前進，玻璃門的另一頭，資料部樓層由於午休節電，略顯陰暗。

只見湊的神情嚴肅無比，橘滿腦子只有不好的預感。

「我剛才聽到了，你和三船在交往？」

橘淡淡描述事實，說自己只是剛好在電梯遇到三船，大兩歲的前輩卻繼續追問：「那她說『別天』是什麼意思？」橘表示自己不清楚，但他可能答得太不情願，體格稍好的男人表情越來越不高興。

「管理總部有事找你，午餐前要處理完。你有心情鬼混，先給我認真點工作。」

假如下次要提轉調單位，真希望自己可以調去做地下資料庫專屬的資料整理人員，就不用和任何人打照面。前提是，公司要真的有一個這麼孤僻的單位。

全著聯的資料庫，匯集了日本國內外多達四百四十萬首音樂作品資訊。作詞、作曲等著作權擁有者會提出申請資料，根據申請資料製作檔案後，組成資料庫。而資料部的主要工作，就是每天更新資料庫。聯盟將會根據資料，決定著作權人的報酬分配額。

工作內容講求謹慎踏實，和橘的個性很合。

他回電給管理總部，好不容易能吃午餐，又來一封新的電子郵件。郵件標題是英文，橘頓時僵住了手。

有些國外團體和聯盟簽訂互相管理契約，橘必須經常和他們溝通。前任負責人擅長外語，等到橘接手，每每收到國外的郵件，總是很鬱悶。他把範例句子拼湊成回信，每次按下送出，仍擔心自己的信件內容很奇怪。

他想過去學英文。

自己該不該去考個多益，還是其他英文檢定？

自己獨居，準時上下班，時間多得是。自己到死亡之前的這段人生，究竟該用什麼打發時間？橘毫無頭緒。

螢幕旁邊，放著一份公司慣例分發的桌曆。

橘只在失眠門診的預約日期，畫上一個針孔般的小圈。他沒有朋友，沒有情人，除此之外，他沒有和任何人做過未來的約定。

在學期間，環境勉強為他繫住了朋友，隨著工作轉調其他地區，朋友自然而然疏遠。橘的朋友，總是留不到他人生的下一個階段，等到他出社會，已經沒有人會特意關心他，他也不奢望他人關注。橘不喜歡看到訊息通知堆積如山，有一次直接關閉群組的訊息通知，那些人的蹤跡登時中斷，手機鈴聲也漸漸不響了。

有些人會在婚禮影片上，播放平凡戀愛的點點滴滴。橘不是沒有類似的回憶，只是比其他人更早脫離愛情泡泡。他極度神經質，有人在就睡不著，別人走進他的房間，更令他坐立不安。他向對象坦承這些問題，卻沒有人理解他的苦衷。多半只有橘被當成壞人，負面謠言隨之而來。

些微衝突隨著年齡增長，越演越烈。感覺周遭人順利搭上成長的小船，只有自己上不了船。

橘離開仙台分會時，聽見當時的女友說想跟著他離開仙台，他當下感受到難以言喻的不悅，也因此大感洩氣。

普通人生，如同夢幻泡影，啪的一聲，破滅了。

他和女友分手，辦好單身搬家服務，回到東京。他獨自打開新家房門，望著空蕩蕩的屋內，心中瞬間感受到，自己終於從世上消失得一乾二淨。他沐浴在春日暖陽下，等著搬家公司，忽然心念一轉，把工作以外的手機通知全部關靜音。

這間三坪大的房間陽光充足，狹窄卻舒適，訪客只有來定期消防安檢的技術人員。房間物品少，當然無從亂起，垃圾桶在搬家途中壞了，自己卻不知為何沒有買新垃圾桶，現在打開透明垃圾袋袋口，攤放在地板的一角。

橘一如往常，身軀隨著往歸途的電車搖晃，耳機裡是隨便找的廣播節目。這時，他偶然想起明天是星期五，沒太多想法，隨手搜尋「大提琴」三個字。音樂串流平臺最上方冒出的搜尋結果，是古典樂的大提琴名曲集。點選播放音樂清單，廣播的聲音驟然中斷，優美弦音流淌，頓時盈滿耳廓。

橘茫然地聽了一陣子，忽然驚覺，琴聲沒有影響他。

只聽大提琴的琴聲，那陣心悸並不會侵襲自己。

那究竟是什麼喚醒了恐懼？他思考著各種可能，驚覺原因也許是大提琴的外型。大提琴的形狀、模樣，會刺激著他。

橘緩緩閉上眼，音符接二連三，撥動腦中最舒服的位置。

據說在所有弦樂器裡，大提琴的音域最廣。大提琴可以奏出小提琴的高音，又能發出低音提琴渾厚的音色。大提琴也被稱為最接近人聲的樂器。

他入迷地聽了一陣子，突然開始在意自己演奏的大提琴音。自己超過十年沒有碰琴，還算是記得演奏技巧，也勉強拉得出陌生曲子。但自己的琴音混雜，根本比不上現在耳裡的美妙演奏。

琴弦清澈的聲響，拎走因日常瑣事渙散的心神，將之統合到更高的境地。

大提琴其實能奏出如此悠揚的音色。

咚的一聲，有人撞了橘一下，他睜開眼。意識從優雅富足的音樂世界跌落，電車內擁擠的景色頓時失去色彩。

「要進導歌（註4）前的部分，感覺可以再延伸一些，音程（註5）也可以再降幾

註4　導歌：日文原文為「Bメロ」，用來連接主歌與副歌，為樂曲製造層次。

註5　音程：為兩個音之間的距離，通常以「全音」、「半音」、「度」表示單位。

度。你全身很僵硬，再放鬆一點。你緊張，肩膀會跟著抬高。」

用更深邃的感覺去表現副歌，聽起來會更有味道。淺葉說完，從副歌開始拉奏。他們現在在練一首以前的連續劇主題曲，橘以前也常聽這首曲子。

對方琴弓輕盈地彈動，橘一邊注視一邊思考，自己的琴音和對方怎麼會差這麼多。淺葉看似只是隨手運弓，聲音卻和自己天差地遠。

高音宛如陽光下的蜜汁，在空中閃閃發光。

橘可以按照樂譜演奏旋律，但僅止於此。他的琴音只是死板地順著音符走，拉不出大提琴特有的深度。

他無法活用樂器的優點。

「大概像這個樣子，尤其是副歌，要細膩延伸聲音。那就請你從頭開始，再練一次。」

「請問……」

自己出聲的時機像是刻意打斷對方，尤其尷尬。

「……我該怎麼做，才能讓琴聲更好聽？」

因為自己的琴聲和老師完全不一樣。橘一問出口，赫然覺得很丟臉。自己完全不做自主練習，怎麼可能讓琴藝更上層樓。

淺葉是專業人士。

自己再怎麼模仿，也不可能在一時半刻間就變得像他一樣厲害。

「該不會是因為我說要表現得更深邃一點，你才這麼問？」

淺葉露出恍然大悟的神情，抬起手肘，摸了摸自己的後頸。只見他手掌重複撫過後頸，這可能是他的習慣。

「那是其中一個原因，但我覺得自己拉的聲音一點也不好聽。」

「可以打個比方？」

「感覺我的琴音頂多在一點五公尺高的位置。」

可能是橘省略了解釋，淺葉不禁失笑。

「抱歉，你繼續。」

「……是我的形容太奇怪，還是算了。」

「怎麼會奇怪？只是你一臉嚴肅，話說得卻很抽象，我一時覺得有趣罷了。」

你應該是指，在你想像中大提琴琴音能擴及的範圍？淺葉幫忙補充，橘低聲回答：「就是這麼回事。」

淺葉的大提琴音，像是在腦中的高處迴盪。

「也就是說，在橘的想像裡，我的琴聲發在更高的位置。我很榮幸能聽到這麼好的評價，那你覺得聽起來大概有多高？」

「我感覺有時高、有時遠，像這首曲子，應該有鐘樓那麼高。」

「銀座的鐘樓？」

「是倫敦。」

淺葉又噗哧笑出聲：「你也太抬舉我了。」

「我聽了是很開心，但我的琴音恐怕沒能耐傳到大笨鐘上，而且你說自己的琴音只到一點五公尺，也太貶低自己。你其實拉得比自己想像得更好。」

「那您聽起來大概有幾公尺？」

淺葉舉起三隻右手手指：「照你的標準，大概三公尺吧。」

「但說三公尺，算是評得很嚴格。你有正職工作，還能讓琴音搆到三公尺的上空，我覺得已經很不錯了，其實沒必要……橘先生，你不太喜歡被稱讚？」

「沒這回事。」

「那就是你不相信我的評價啦。」

「只是我以前上課的時候，不常被稱讚。」橘回道，淺葉雙手隨意抱在胸前，說：「這也是其中一個可能性。」

「話又說回來，該怎麼讓琴聲更好聽啊……這問題真困難。」

「我知道解法，其實就是多練習。不好意思，突然問了怪問題。」

「不過看你的環境，要工作、家裡又有限制，的確很難練習。你是住一般公寓還是社區大樓？」

無法把樂器帶進通勤時的電車，可以租借教室的大提琴回家練習。上課的時候不帶樂器，改用琴房裡橘常用的大提琴。淺葉提了一些具體建議，橘卻赫然被拖回現實。

自己只是有職責在身才來上課，何必這麼投入？

「然後在社區應該不太能練習，晚上、週末可以去卡拉ＯＫ……」

「我自己主動提問，說這些可能太掃興……但我現在到家時間其實很晚了。最近連週末都常常需要上班，除了週五這堂課，其實空不出時間練習。」

「你的工作這麼爆肝？你是做哪一行？」

橘謊稱自己是公務員，淺葉表示明白：

「工作行程這麼緊湊，太辛苦了。那的確沒心力練習。」

「不好意思，還麻煩老師幫我想這麼多方法。」

「用不著道歉啦。」淺葉笑道，橘卻想不到更適當的應話方式。

他一直過著逃避衝突的生活，久而久之，甚至忘記如何進行這些細微的交流。

「不過，學樂器的時候，保持積極很重要。等你工作稍微閒下來，可以試試看租琴回去練。而且比起練習，你更要注意健康，別因為工作繁重忙壞身體。」

橘只說自己是公務員，對方卻逕自加上「工作繁忙」的設定。假如之後閒聊次數多了，平空多了太多設定，會不會連自己都漸漸搞不清楚身分？

課程即將結束之際，淺葉向上看著時鐘，低呼一聲。

「剛才不是說到練習？簡而言之，你的問題點就在時間不夠，不如還是減少曲目？剛才我們是先讓你拉一次陌生曲子，我講解，再讓你多練幾次就換下一首。之後改成練同一首，仔細修正細節，你覺得好不好？」

淺葉反手露出手掌，說：「當然，還是看橘的意願。」

「這倒是……」

「我剛才來不及說，其實這樣就能解決了。」

之後東京地方法院將會進行證人訊問。橘想像到時候的畫面，自己站在證人臺上，想必得一五一十說出淺葉上課時的所有細節。

「但我還是覺得多拉不同的曲子，自己比較能轉換心情。」

淺葉表示明白，又抬頭看向時鐘。正巧到了結束時間。

「那我們下週再見，小心別過勞了。」

橘沿著大樓梯往下走，同時茫然地俯視豪華的大廳。寬廣休息區的一角，看得見背著大提琴盒的學生。

那形狀躍入眼簾，折磨人的心悸仍舊。橘在課堂上拉奏大提琴時，感覺腦中乾淨、空曠，身體、心靈卻彼此矛盾。

他一想到今晚又睡不著，心裡鬱悶，卻也感覺充實。

演奏大提琴很快樂，儘管自己拉得不夠好。

週五夜晚，二子玉川車站前依然熱鬧。橘走在人群中，偶然仰望都會夜空。三公尺，究竟有多高？

七月上旬，鹽坪找橘去老地方，通知他聯盟已收到訴狀。

「聽說是今天送到。漫長的戰爭要開打了。」

地下資料庫立著一排排鋼製書架，天花板比其他樓層高了一些。老舊空調聲突然大響，橘反射性往上看，下意識疑惑，從地板到地下室的天花板有幾公尺高？

「我這有一個好消息，跟一個壞消息。首先是好消息，三笠方主動提議，願意協商著作權使用報酬規章。」

「他們打算和解？」橘聽見出乎意料的消息，回問道。鹽坪搖了搖頭，遞出一份小字剪報影本：「最後還是會上法院直接對決。」

簡略看過報導，新聞簡直把聯盟塑造成反派角色。

「不過，三笠這麼提議，代表他們也肉痛了。畢竟他們之前堅稱，音樂教室內的課程與著作權無關，現在卻主動和我們站上協商使用報酬的擂臺。」

「對方也許有其他企圖才這麼做？」

鹽坪垂頭，神情懊惱地說：「沒錯，接下來就是壞消息。」

「萬一這次協商破局，文化廳首長就能要求再次協商。假如二次協商仍然達不成共識，三笠方就能要求文化廳首長出面裁定。倘若裁定申請的日期，比新規章中的『音樂教室內的演奏等』字樣實施日期更早，直到裁定日期之前，全著聯都無法向音樂教室徵收著作權使用報酬。」

換句話說，即便文化廳首長的裁定結果不利三笠方，使用報酬的支付義務無法溯及既往。鹽坪惱怒地扯起薄脣。

「聯盟原定明年一月一日開始徵收費用，卻得拖延到裁定日之後。聯盟會因此大失血。他們也真有一套。」

「我有可能因此縮短臥底期間？」

不能溯及既往的話，自己臥底到兩年恐怕也……橘低聲說道，鹽坪髮際線明顯退後的額頭面向了橘：「你用不著擔心。」

「你臥底之前我就說過了，只是以防萬一。」

「我明白了。」

「幸好你『學』得很愉快。聽你裝成積極的學生，裝得真是有模有樣。」

居然還拿大笨鐘來奉承講師。橘聽見鹽坪冷哼一聲，不禁懷疑起自己的耳朵。

「……您每次都會確認錄音檔？」

「怎麼可能每次聽？我沒這麼閒。」

但是，總要掌握臥底狀況。鹽坪悄聲說完，往資料庫的潔白通道走去。

儘管橘甘願做閒差，只在資料庫整理資料也無所謂，但他不想失去工作。他可不希望對話內容引起主管不必要的誤會，進而影響自己的風評。

鹽坪也許會因為某個因緣際會，突然重聽所有錄音檔。自己可要小心發言，以免主管哪天跑來質問自己，為什麼故意減少演奏曲目的數量。

然而，橘更想讓自己的大提琴聲，跨越到比現在更高的境界。

4

橘的老家，蓋在松本的高級地段。圍牆既長又高，主屋、庭院反而殘破不堪。橘的家人擔心附近鄰居說閒話，會定期清理、整修圍牆，屋子看似宏偉，屋裡的財富卻不如表面，沒什麼閒錢。

也拜這棟豪宅所賜，橘懂事以後，就對他人的視線特別敏感。附近人都知道他是「住在豪宅的可愛孩子」，去到哪都受矚目。再加上他背著大型樂器，就更顯眼了。

橘在外祖父建議下，開始去大提琴教室上課。老師教學嚴格，橘當時不太愛上課，卻很喜歡樂器。他沒有相中小提琴、中提琴，特別喜愛大提琴。因為大提琴輪廓寬大，很帥氣。

屋子裡，走廊處處腐朽，沒辦法隨便走動，幸好房子占地寬廣，橘不缺地方練習。他沒有其他娛樂，一有時間就提著大提琴練習。外祖父和他的女兒，也就是橘的母親感情不好，她一看到大提琴就沒好臉色，但橘沒有因此多想。

在橘有記憶之前，父親就已經離家，但他不太在意。脾氣火爆的母親，同樣脾氣火爆的外祖父，再加上個性隨和的橘，三人意外取得了平衡。儘管母親和外祖父有時會大吵大鬧，橘從以往的經驗知道，他只要去庭院拉拉威納，時間會解決一切。

現在想想，他還在學大提琴的時候，這些都不算太嚴重的問題。

橘直到黎明前都難以入睡，好不容易落入淺眠，手機鬧鐘卻殘忍地響起。疲憊壓住他的手，他茫然地凝視床邊桌好一陣子，電子聲響個不停，徒增鬱悶。

今天是星期五。他等一會必須做好準備，出門，擠進水洩不通的電車上班。氣若游絲地做完工作之後，還要搭上公車，左搖右晃地前往二子玉川。

他好累。

自己究竟從什麼時候開始這麼疲憊？是從進三笠臥底開始？還是從出社會工作開始？甚至是更久以前，從「那起事件」發生開始？

諮商室？醫生提那什麼鬼建議，自己只是想安安靜靜地入睡。

橘剛撐起身體，頭便一陣刺痛，他伸手按住太陽穴。被惡夢嚇醒的早上，太陽穴附近總是隱隱作痛。家裡應該還有頭痛藥。儘管他稍作休息，現實的一切仍舊不變。

「你臉色不太好啊。」

下班後，鹽坪跟在橘身後，走進通往一樓的電梯，他忽然端詳起橘的臉。橘平時的工作內容和鹽坪沒有交集，他難得在資料庫以外的地方找橘說話。

「年輕也不能太勉強自己，早點回去休息。」
「可是今天是星期五……」
「休息一次無所謂吧？時間還久得很。」
「反正只是拉了琴就回去。」橘乾笑了笑，低聲說道。鹽坪的鈦框眼鏡後方，雙眼帶著笑意瞇起：「你還真認真。」電梯門開啟，兩人走出正門大廳，導覽處的員工朝他們鞠躬行禮。行禮的對象當然不是橘，而是鹽坪。
「熱衷工作是好事，適當維持健康也是員工的職責。橘，自己多保重啊。」
主管瀟灑離去，過了不久，橘也出了正門。這幾天氣溫一口氣升高，東京提早進入難熬的夏季。高溼度的熱風更掠去意志力與體力。
公車正好停在離公司最近的轉運站，距離橘還有幾公尺。橘見狀，下意識快步奔跑。他氣喘吁吁上了車，車上卻不見空座位。頭腦運作太過遲緩，難以整理思緒。他虛弱地拉住拉環，冷氣卻從正上方直吹腦門。
橘摸著胸口的錄音筆，提醒自己，不能忘記錄音。除此之外，他的腦中沒有別的念頭。一定要在三笠錄音。
抵達三笠音樂教室的豪華大廳，橘緩緩抬起頭，望過寬廣又奢華的整個空間。高雅的休息區，空無一人。
獨自站在這裡，彷彿日常逐漸遠去。

自己像是來到另一個世界，周遭萬物喪失色彩，只剩眼前特別的空間仍栩栩如生。

橘打開琴房房門，同時按下原子筆的錄音鍵。順利達成工作，最後一根緊張的絲線應聲斷裂。

淺葉察覺不對勁，一和橘對上眼，隨即站起身。

「咦？你還好嗎？」

「對不起，我有點……」

他接著便說不出話，無力地癱倒在平時的座椅上。身軀往前彎下，視野中只剩地板。

「不行，你等等、要拿水。」

橘勉強望向焦急嗓音的源頭，只見淺葉伸手拿起內線電話，橘急忙想撐起身子。可不能讓他把事情鬧大。

「你坐好！喂、抱歉，櫃檯那邊有沒有鹽糖？有人可能中暑、不是我啦，是橘。」

淺葉隨後往橘手裡塞了一瓶開了蓋的寶特瓶，說：「總之你先喝口水，等一下有人會拿鹹的過來。」橘只好拿起寶特瓶喝起來。他的確也口渴，接連喝了兩、三口，呼吸稍微順暢一點。

一旁傳來敲門聲。是之前那位櫃檯小姐。

「您還好嗎？需不需要叫救護車？」
「不、真的不用，我沒事……」
「還是叫一下比較好。」淺葉打斷了橘，插嘴說道。橘握住沒了包裝的鹽糖，拚命阻止他們叫救護車。
「我只是因為工作，一直睡不夠。走著走著就覺得不太舒服……」
橘堅持自己沒事，一再婉拒兩人的好意，櫃檯小姐這才點了點頭。「真的不叫？」淺葉擔心地皺眉。
「不然我再去裡頭搬張鐵椅過來，排一排，你躺一下？只坐這張椅子會不會不太舒服？」
「我應該稍微休息一下就會好。不好意思，再讓我喘一下。」
「既然橘先生堅持，不如讓他安靜休息比較妥當。」女子語氣聰穎地勸諫淺葉，淺葉又出聲確定橘的意願，橘用力點了點頭。
「假如狀況有變，請您立刻打內線通知櫃檯。」櫃檯小姐調弱燈光，離開琴房，房內頓時安靜下來。橘仍彎著身體，閉眼休息了片刻，不舒服的感覺漸漸平復。
自己果然應該聽鹽坪的勸，今天早早回家休息。臥底期間很漫長，缺席一、兩堂不會影響臥底成果。反倒是讓他們叫了救護車，萬一淺葉看到橘的保險證，事情就糟糕了。橘的保險證上，可不是公務員專用的團體保險。
思緒無止盡地運轉，忽然間，意識差點遠離身軀，再次感受到那討厭的氣息。

令人厭惡的氣息，從陰暗深海中悄然靠近。

「……抱歉，給您添麻煩了。」

良久，橘緩緩撐起上半身，無力地靠向椅背。淺葉坐在琴房角落，微微抬了抬手。

琴房中空氣乾爽，感覺很舒適。

「好一點了？」

「勉強算好。」

「那就好。你剛才走進來，臉色慘到不行。」

「不好意思，害您嚇了一跳，還驚擾到櫃檯……」

這瓶水差不多一百六十圓？橘指著瓶裝水詢問道，淺葉無奈地嘆道：「你先別管錢啦。」

「身體不舒服，還去擔心別人的一百圓幹什麼？我的錢包少一百圓也不會死。」

工作忙過頭，竟然睏到暈倒，太誇張了。淺葉的語氣帶著幾分憤怒。橘謊稱是工作因素影響，但睡不夠是事實。

「所以你忙到天天搭末班車回家？政府機關也太會操員工了。」

「因為這狀況持續了好一陣子……」

「你這慘狀除了工作，什麼都做不了啊。你應該再活得自私一點。吃點好吃的，睡飽一點，有空就悠哉地玩玩音樂，不然遲早生大病。」

跟公司借了一百圓又算什麼，直接賴帳回家睡覺。「這應該算偷竊？」橘聽見淺葉的話，忍不住吐槽，淺葉抓了抓後頸：「我只是比喻啦。」

「仗著年輕不顧身體，你真的會搞死自己。日本人都工作過度。你好不容易抽空來上課，結果身體不舒服，什麼曲子都拉不動，不是很難過？」

橘今天虛弱到連琴都撐不起來。橘聞言，也認同淺葉的說法。連樂器都扛不起來，真不懂自己特地跑來教室做什麼。

「反正還有時間，你可以繼續休息。不過我收了學費不上課，也說不過去。教室這邊沒辦法因為學生出狀況改課。」

「你現在聽音樂，會不會不舒服？」淺葉問道，橘搖了搖頭。

「時間空著也是浪費，我來拉首平靜一點的曲子。」

淺葉將蜜糖色澤的大提琴抱到胸前。「你不用像之前上課那樣認真看琴弓，坐著放鬆，發呆也行。」

也許多虧燈光轉弱，橘緊繃的肩膀漸漸鬆開。

「音樂有力量，可以療癒人心。」

「您是說……療癒系音樂？」

「那是專門的種類。但不分任何領域，音樂都可以拯救他人。」

社會上甚至存在「音樂治療」。淺葉的低喃，聽起來有些遙遠。沉重黏人的睡意，又一次逐漸籠罩意識。

「你喜不喜歡小野瀨晃？」

橘聽過這個名字。他是著名的作曲家，製作過無數電影配樂，好幾首受歡迎的配樂，名氣甚至跨越世代。

「人累的時候，正適合聽小野瀨的《雨日迷宮》。旋律優美、纖細，單弦演奏就足夠突出。」

淺葉架起弓的瞬間，橘的腦內閃過一句話。這場演奏，是為了供人聆聽。大提琴純淨的音色奏起，橘的意識隨之滑落黑境。

十二年前，橘從大提琴教室回家途中，差點遭到綁架。

寒冬陰暗的巷弄裡，忽然有人從背後抱住了橘，他當下還沒意識到發生什麼事。視野驟然搖晃，混亂之中，只見一旁的石牆上掛著大提琴教室的招牌。

橘不明白狀況，下意識誤以為自己溺水了。

自己彷彿被拖入踩不到底的深海之中，恐懼猶如激流，頓時灌入腦中，擠爆掌管情緒的區域。

正當他即將被拖進汽車，背上的大提琴盒順勢卡住廂型車門框。哐的一聲巨響，同時一臺計程車誤闖單行道巷弄，車燈正面照亮了橘。

橘被冷不防踢出車外，不及抵擋，直接摔到地上。

為什麼臉頰燙得像被火燒？自己眼前為什麼只看得到柏油路？大提琴不知道有

沒有撞壞？從被抓到落地，他對現狀一頭霧水，無數疑問在腦中盤旋。

這起事件徹底撕裂橘的家庭。母親扭曲的憤怒指向外祖父，畢竟是他讓橘去學大提琴；年邁的外祖父無處發洩怒氣，誰也無法安撫；事件不知道從哪走漏消息，謠言不脛而走，橘本就難以融入周遭，這下更是形同珍禽異獸。

大提琴面板撞裂了，外祖父擅自拿去庭院燒掉。年幼的橘只能無所適從地站在屋子外廊，仰望冉冉升空的黑煙。

悠揚琴聲彷彿從國外哪座陌生高塔飄然降下，撫過靈魂緊閉的外殼。細柔的旋律形同早晨細雨，無聲無息落入心中。只有音樂，能溫柔地流入中心。

橘摸索著不留餘音的空間，緩緩睜開眼。朦朧燈光，柔和映出三笠音樂教室的琴房景象。

自己像是轉乘了幾班飛機，又回到原地。奇妙的感覺，使得腦內仍舊輕飄飄的。意識彷彿褪下一層舊皮，眼前的世界新穎鮮明。

「剛才這首，大概距離地面幾公尺高？」

銀座，還是倫敦？對方打趣地詢問感想，橘回答：「倫敦。」淺葉見橘答得嚴肅，反而笑得東倒西歪。

「……我沒有開玩笑，是真的很好聽。」橘說道。

「你覺得好在哪？」

「該怎麼說，感覺像是身處在陌生屋子的庭院前。」
橘慢了半拍才驚覺，自己剛才睡著了，雖然只有短短一瞬間。這感覺前所未有，宛如內心糾纏不清的線團鬆了開來。全身不再緊繃，煩人的緊張漸漸淡去。
「橘先生每次給的感想，都很讓人驚豔。那你今天就吃飽飯，好好睡，工作適當就好。假如身體還是不舒服，記得去看醫生。狀況好轉了，下星期再健健康康地來上課吧。」
「那個，我的工作差不多要脫離旺季了。」
橘的喉嚨絞緊了似的，急促地擠出聲音：「我之後比較有空，可不可以租教室的大提琴？」
「我上班通勤帶不了大提琴，所以想像老師之前說的，上課時就借用琴房的大提琴，這樣不知道行不行？我家是住社區大樓，但附近有卡拉ＯＫ可以練習。」
他推開琴房房門時，錄音筆仍在運作。
「當然可以租琴。旺季要結束了啊，那就好。」
「還有，關於上課方式……」
橘下定決心，告訴淺葉，自己果然想要仔細修正單首曲子的演奏技巧。淺葉面對橘貨真價實的熱情，開懷地笑了。
橘在深海的惡夢中，不見古老的潛水艇，也沒有醜陋的魚類。

海底無限蔓延的黑暗，顏色與大提琴教室後的巷弄相仿。

橘被鹽坪叫去地下資料庫，詢問臥底進展。

「課程一如往常，沒有新進展。不過……」

「不過？」

「非常抱歉，因為我上一次身體不適，上課時忘記錄音了。」

他故作平靜，嘴角莫名帶了笑意。身材高䠷的部下難得態度開朗，鹽坪也面露笑容：

「以後注意就好。身體沒事吧？」

「託您的福，睡飽之後好多了。」

早知道那一天應該聽您的勸，乖乖回家休息，橘苦笑道。目光滑過書架上一本本資料夾封面。

他心想，這點小謊應該無傷大雅。主管之後就算仔細檢查每一個音檔，也不會猜到橘主動提議更改上課方式。只要沒聽到上一堂課的對話，就不會事蹟敗露。更何況，無論他們演奏的樂曲是多是少，都不會動搖三笠侵權的事實。自己稍微認真上課，不會有什麼影響。

上一堂課當晚，橘昏迷似地睡了很久，一覺醒來，房間的景色感覺不同以往。經過適當休息，頭腦平靜如止水，良久，他才漸漸察覺，時間已轉到週六中午。

毫無根據的信心，不知為何勾起橘的衝動。

淺葉的大提琴聲，彷彿能展翅高飛。自己的琴藝若能像他一樣，也許可以從此擺脫深海的惡夢。

5

橘接過一張看似校慶活動的傳單，接著抬起目光，問：「這是什麼？」普普風格的插圖，配上類似國高中生手筆的手寫文字，大大寫著「淺葉老師謝師派對」。

淺葉咧嘴一笑，抬起下巴，態度得意洋洋。

「名副其實，就是感謝我的聚會。」

「是酒會？」

「參加的成員都在我們教室大提琴上高階課程，所有同學一起辦一場交流餐會。我的學生裡有人經營餐廳，就辦在他店裡。那裡的菜很好吃喔。」

聚會上不會有討人厭的活動，方便的話就一起來玩。淺葉大力邀請。橘仔細確認邀請單上的日期、時間。

地點在二子新地站旁的餐廳，時間是下週六晚上。

「餐廳附近的車站和教室附近的車站不同站，但離教室不遠，走路就能到。過了附近那條河，很快就到了。」

「時間許可的話，我會過去。」
「別這麼委婉地拒絕我。」
「那，我會參加。」橘心急地改口，淺野卻笑道：「不是強迫你參加啦。」淺葉穿著清爽的T恤，剛離開公司的橘看了，好生羨慕。
「就是輕鬆的聚會而已。你應該沒什麼機會和學大提琴的人聊天？同學年齡層很雜，橘願意來，其他人一定會很開心。」
橘考慮到自己的立場，事先確認三笠學生的氛圍倒也不壞。臥底的定期報告已經成為橘的固定行程。橘選擇一對一個別課，從未與其他學生交流，一場聚會也許能為報告添點變化。
「大家不介意的話……我會參加聚會。」
「哦，真的嗎？那我幫你說一聲。」
淺葉喜道：「我很高興，畢竟很難得才有跟我同世代的人來。」橘聞言，下意識疑惑，宴會成員比較多中年、高齡人士？在大廳跟他擦身而過的學生，確實大半都是長者。
說實話，橘本身也對聚會有興趣。自己從未和學習大提琴的人聊過天，雖然不太敢參加人多的酒會，假如淺葉的話可信，自己應該不會遭遇太討厭的狀況。淺葉很機靈，假如聚會上出了狀況，他應該會適時出手緩和。
正因為自己總有一天會離去，倒也能輕鬆看待。就當作參加一個有期限的團體，值得一試。

偶爾和人一起吃頓飯也不錯。對橘來說，這念頭很難得。

「好，那我們從上次的段落繼續。你之前老在進副歌前一刻滑音，回去練有接得比較順了嗎？」

橘一聽老師確認上週的回家作業，暗自緊張了一下。一開始的和善彷彿一場夢，淺葉最近越來越嚴格。

橘租了大提琴回家練習之後，生活頓時為之一變。

大型樂器來到乏味的房間，成為可靠的夥伴，填補了橘的孤獨。然而大提琴也占據了房間地板，三坪大的小空間，現在只露出一小塊地面。儘管大提琴收納在硬殼琴盒裡，立著放還是很危險。正確做法還是讓大提琴橫躺在床邊，減少毀損風險。

橘以往多到有剩的獨處時間，如今全耗在大提琴上。

他連平日晚上都帶著樂器，去卡拉ＯＫ練習，星期六、日一定挑一天，直接包下卡拉ＯＫ優惠時段，一待就是幾個小時。專注在演奏之中，時間轉眼即逝。他按弦按得太久，左手指尖甚至腫起來。

也許是大提琴帶來的變化，橘最近睡得很沉。

「練習的成果很明顯。你從上週開始，整個人脫胎換骨啊。」

淺葉揚起微笑，稱讚橘的演奏越來越有模有樣，橘心中登時亮起安心的燈號。

橘自己也有感覺，自己的琴音變得比上週更好聽了。

「橘，你願意自主練習很好，但要小心引發肌腱炎。練習前後絕對要做肌肉伸展，練習期間也要分段伸展手部。你感覺做事都容易做過頭，練習之餘要多注意手臂啊。」

副歌的抖音，指腹要按得再紮實一點。橘聽了淺葉的指導，凝視自己放在指板上的指尖。淺葉拿起自己的大提琴，模仿橘的姿勢，按住琴弦。

「這類抒情歌不能立起指頭，最好增加手指觸摸琴弦的面積。對，稍微傾斜。」

注意力不要過度放在指法上。淺葉提醒著，拉起大提琴示範。

「總之大提琴的重點在琴弓」，這是淺葉的口頭禪，他不知道用這句話提醒橘多少次。

一次次練習，加上精準的指導，橘奏出的弦音漸漸多了幾分美感。雜音消失，彷彿脫去不必要的薄膜，偶爾能拉出自己滿意的聲音。

對於大提琴模糊不清的恐懼，始終緊緊糾纏著橘，而練習的成果為橘驅走畏懼。現實的聲響，抹去無止盡膨脹的負面想像。

早晨來臨，橘一醒來，腦中只有今天的練習內容。

「哎呀，你今天搭公車？」

三船綾香喊著「真巧」，向橘搭話。橘緩緩摘下耳機，按暫停了音樂程式。

全著聯最近的轉運站，每十分鐘會來一班公車。算他倒楣。

「你家在哪呀？今天要去別的地方？」

橘只淡淡解釋自己有事，三船聞言，笑著說：「有事啊。」她的牙齒整齊端正，彷彿能直接拍照當海報。站姿精力充沛，完全猜不到她才剛下班。她有一種自己沒有的堅毅。

「你剛才在聽音樂？還是在看影片？」

「聽音樂。」

「音樂啊，橘都聽什麼？我很好奇呢。」

「不是什麼有名音樂。」橘冷淡地回答，思考要不要假裝有電話，藉機遠離她。不巧的是，這時卻滴滴答答下起雨，公車站屋簷外的地面變得有些深色。

盛夏的雨珠輕盈，啪答啪答敲打屋簷。

「天氣預報明明說今天是晴天。你有帶傘嗎？」

「看雨勢，應該很快就停了。」

橘喊著公車真慢，若無其事地靠向公車路線圖，三船卻跟著靠過來一步。橘無奈之餘，只好用手指描過路線圖。身後卻傳來調笑般的嗓音：

「橘，你有在彈弦樂器？」

橘沒料到她有此一問，下意識回過頭。三船無動於衷，隨手梳起自己整齊的長瀏海。

眼前的美女伶俐聰穎，令人聯想到美麗的天鵝。橘摸不透對方的底細。

「聽說彈吉他的人，手指都會長繭。尤其是剛學的時候特別嚴重。你該不會私底下在玩樂團？我比較喜歡古典樂，不過也很喜歡搖滾樂呢。」

「我沒特別玩樂器。」

表面上是一貫的冷淡態度，橘內心卻慌了起來。自己不過是用指腹按著公車時刻表，三船應該看不見手指上的繭。

不久後，公車抵達，突如其來的雨使得車內擠滿人。橘勉強擠進其他乘客之間，再也看不見三船。

電車經過東急線二子玉川站，跨越東京和神奈川邊境的多摩川，抵達二子新地站之後，周遭環境忽然一百八十度改變。二子玉川站周邊坐擁大型購物中心，客群多半是親子或年輕人，就是一座熱鬧都會。相較之下，二子新地站附近非常寧靜。

淺葉老師謝師派對當天，也就是週六晚間，橘第一次在這車站下車。出了驗票閘門，順著地圖程式走過商店街，燈火輝煌的三笠大樓周遭遠去，變成一片廣闊宜人的景致。

耳機播放輕快音樂，一邊尋找餐廳，一反平時的低氣壓，心情難得雀躍起來。耳裡的曲子是巴哈《第一號無伴奏大提琴組曲》的〈庫朗舞曲〉。

橘熱愛大提琴的音色，獨奏曲最觸動他的內心。這套組曲從第一號到第六號，總計六組曲子，可說是大提琴的聖經。其甘美的旋律猶如百花齊放，芬芳四溢，輕柔地撩撥聽者耳內。

小時候去的大提琴教室，從來不讓橘拉奏著名樂曲。老師認為從耳朵記憶音樂，讀譜的能力會退步，總是讓橘演奏一些找不到音檔的練習曲。

要輕盈地拉奏大提琴，同時保有振鳴體內的好聽低音，實在困難。橘聽著節奏輕巧的琴聲，腦內想像著畫面，一間古老的西方酒館，眾人暢快跳舞。

他真希望有一天，能演奏這麼美好的曲子。

同時，他也想起，自己不能向淺野學習古典樂。

沿著「薇瓦奇」餐廳的樓梯走到地下室，狹窄的入口，很難想像店內如此寬敞。店內客人不少，氣氛輕鬆活潑。店內呈現義大利風格，裝潢簡潔時尚，卻交雜各種客群，洋溢著平民氣息，感覺很舒服。

「啊，來了。」

內側座位有人朝橘招招手，橘微微點頭行禮。淺葉沒有特別放大音量，聲音卻很有穿透力。

這桌除了淺葉，還有五位成員，年齡老少皆有。年紀和橘相近的只有淺葉，剩下不是學生，就是年齡差距極大的長輩。

「敝姓橘，最近剛開始學琴，今天請各位多多指教。」

橘坐到淺葉的斜前方，現場視線瞬間聚到他身上，一時有些坐立不安。他很久沒有加入職場以外的群體，不知道該怎麼參與對話。

一名裝扮豔麗的老婦人主動開了話題。

「哎唷，老師啊……」

她用手肘戳了戳淺葉。老婦人纖細的手臂掛著金色手鐲，看似年紀超過六十歲，服裝卻獨特大方。烏黑捲髮在肩上切齊，雙耳、頸子都掛著大顆亮麗的裝飾品。

「你怎麼不早點講，說你要帶這麼帥的小男生過來。那我就改個菜單了。」

「聽妳亂講。橘，來選飲料。」

從兩人不拘小節的對話，得以窺見聚會的氣氛。橘接過菜單選好飲料，服務生正好來到桌邊。「請給我一杯香油蓋夫。」橘剛點完飲料，便聽見戴手鐲的老婦人小聲說：「那我們開場吧。」看來這位太太就是淺葉口中，那位經營餐廳的學生。

眾人乾杯，歡迎新成員過後，餐桌氛圍頓時轉為平穩。

「請問一下，可能是我記錯……」

正對面的女孩怯生生地開口，橘轉向正面。女孩的年紀應該上大學了，感覺純樸又善良，乍看之下也像是高中生，但女孩會來參加酒會，代表應該已經成年。

「我和橘先生，是不是在教室休息區見過面？」

「咦？」

「我想想是什麼時候，記得應該是兩個多月前……」

橘完全沒印象。也許是念頭呈現在表情上，女學生害羞地搖搖頭，說大概是自己記錯。橘正想圓場，戴手鐲的老婦人搶先說女學生絕對沒記錯，又張口大笑。

「又不是電影或連續劇劇情，路上很少有這種帥哥到處走。就算他不記得，我們看了也會記住他的啦！」

老婦人又問了橘的名字，橘連忙回答：「名字是樹。」老婦人說：「那就叫你小樹好了。」接著甜美一笑，自我介紹道：「我是花岡千鶴子。」

「小樹你是做那一行的嗎？那我想請你簽個名，放在店裡。」

「那一行？是什麼意思？」

「就是演員、模特兒啦。我不太看電視，沒認得幾個。」

「他是公務員啦。」淺葉一臉無奈地插嘴，花岡很訝異橘不是藝人。這時，炒蔬菜沙拉與醋醃竹筴魚上桌了。

「花岡大姊，別突然抓著新成員東問西問。橘快嚇死啦。」

「我想說他是名演員的話，只有我不知道，錯過可惜嘛。不是有那種演員，為了電影、連續劇塑造角色，隱姓埋名去大提琴教室之類的。」

「妳想太多了。」

這麼想要簽名，我簽給妳。花岡聽了淺葉的話，大笑出聲。正對面的女孩替淺葉圓場：「我覺得老師的簽名以後一定會很值錢。」花岡把女孩當成孫女似的，婉聲讚美她：「佳澄真是好女孩。」

大學生名叫青柳佳澄，旁人稱呼她為「佳澄」。

「橘先生，您原本去其他地方學過大提琴？您說是最近剛開始學琴，但我們是高階課程，也就是說您是最近才來這間教室上課，是不是？」

一名和藹的男性長者彬彬有禮地問，橘聽了萬分驚恐。

蒲生芳實的年紀僅次於花岡，個性和善。瘦削白頰揚起滿面笑容，展現他的高尚品格。

「我小時候學過一陣子，中間空窗了很久。」

「原來您小時候學過琴啊。」

「我出社會之後比較有時間，就想再來學琴。」

橘說完，驚覺自己剛才的話，和體驗課程時提過的動機有出入。不過淺葉沒察覺異狀，正把竹筴魚裝進小盤子。

「橘拉起琴來很有感覺喔。他原本基礎就打得很好。」

淺葉突然在眾人面前稱讚自己，橘默默回望淺葉。花岡則是訝道：「哎唷，真難得。」

「櫻太郎老師可是生在高傲國的『高傲太郎』，居然會稱讚人，這可不得了。小樹，你真行啊。」

「我很常稱讚花岡大姊啊？」

「哎呀，算了吧，音樂家的眼睛都長在頭頂啦。一個男人會對餐廳口味斤斤計較，看什麼都是斤斤計較。」

「這人批評起餐廳，有夠毒舌的。」花岡望向橘，橘的目光也從淺葉回到花岡身上。「別說得這麼難聽。」淺葉抓起一條剖半切開的煎秋葵，塞了滿嘴。他的吃飯方式格外豪爽。

「我自己也會做菜，又不是光出一張嘴。而且我明明在這附近到處幫妳宣傳，說這間店的菜很好吃。」

鄉村冷肉醬與沙拉米臘腸上桌，淺葉也早早喝乾紅酒杯。聽起來淺葉是個美食家，而這間餐廳的每道菜確實很美味，難怪能獲得他的好評。

橘久違地與人群一起用餐，吃得比平常更多了點。

「你幾歲開始拉大提琴？我兒子現在十歲了，如果讓他現在往職業音樂家走，不知道會不會太晚？」

服務生送來肉類主菜時，梶山正志問了橘。成員中只有梶山身穿西裝，身材高大，存在感十足。他的外表、說話方式都很豪邁，讓人聯想到橄欖球員。

「我是從五歲開始學，令郎才十歲，應該還算早。」

「是嗎？那我真希望他超越我，當上大提琴家啊。」

「梶山先生的兒子對爸爸的大提琴有興趣？」佳澄問道，梶山笑答：「不，他完全沒興趣。」花岡接著說：「那就難了。」

「做一件事，有自發性的動機還是強得多，就算動機再不純也一樣。單就這點，琢郎倒是單純直接呢。」

「怎麼在這種時候提到我。」餐桌角落的年輕男人指著自己。片桐琢郎瘦瘦高高的，戴了很特別的眼鏡，笑容輕佻。

「琢郎，之後怎麼樣了呀？」

「什麼東西？」

「你和那個大學女生，發展得如何？」

「有進展的話，我現在不會在這啦。」琢郎半是自虐地回答，梶山溫聲安慰他。

琢郎現在讀文科研究所，長久暗戀一位大學管弦樂團的學妹，他是為了增進大提琴琴藝，才開始到三笠上課。

橘愛上這道番茄辣味義大利麵的辣味，從大盤子裝了兩次麵。

花岡說道：「一提到開始學大提琴的年紀，我就想起櫻太郎老師的卡薩爾斯發言，真難忍啊。」

「老師和卡薩爾斯一樣，是四歲開始學鋼琴，十一歲開始學大提琴，對不對？」

花岡調侃淺葉，淺葉尷尬地抓著脖子，說：「花岡大姊，這種事早點忘了吧。」

「還記得他在某間店喝第三攤的時候，誇口說『所以我就是卡薩爾斯！』，害我笑得東倒西歪。高傲太郎名不虛傳呢。」

「老師喜歡卡爾薩斯？」

梶山的問題正好和橘撞個正著：「那是誰啊？」

保羅・卡爾薩斯，是二十世紀最偉大的大提琴家，也是他建立大提琴的近代演奏方式。卡爾薩斯重新挖掘了《無伴奏大提琴組曲》的價值，大力宣傳其魅力，因而聞名。

「卡爾薩斯已經如同大提琴之神，哪談得上喜歡討厭……」

「所以本大爺就是大提琴之神，對齁？」花岡又繼續捉弄淺葉，淺葉推開花岡：「妳好煩！」所有人看兩人胡鬧，看得呵呵大笑。

餐桌上的話題千迴百轉，期間沒有出現任何一刻尷尬靜默。剛聊到佳澄的打工地點，下一秒聊起梶山兒子；蒲生談到電影，琢郎又把話題轉到女演員。

橘大多時間只用耳朵聽，但成員不會逼他開口，令他覺得很舒服。

橘在學期間參加的酒會，性質多半差不多；以戀愛為目的的聯誼酒會，又太需要察言觀色，麻煩得很。這場聚會和前兩者都不同，熱鬧、愉快，單純又不具威脅，對橘而言，可說是理想又符合需求的社交場面。

「欸，你看櫻太郎老師啊，他的琴藝很高明對不對？」

淺葉去廁所的時候，橘斜前方的花岡湊了過來。餐桌的大餐盤已撤下，現在正在等待最後的甜點。

「我只是業餘音樂愛好者，所以聽不出太細的差別。我只有三個標準，爛透了、普通，還有非常厲害。」

花岡接著追問橘，怎麼看淺葉的大提琴技巧。橘憶起那一天的景色，淺葉的《雨日迷宮》，聽著琴音，彷彿能隨樂聲踏上未知國度。

自那場演奏之後，橘的人生座標偏移了些許。

「……我覺得他很厲害。」

「我從以前就在那間教室上課，不過櫻太郎老師接手之後，我大吃一驚。我不是想詆毀之前的老師，但一聽到櫻太郎老師的大提琴，我感覺自己當下才第一次見識到大提琴真正的音色。本以為前方已經是盡頭，結果又見識到另一個世界。」

橘低聲同意，表示自己有同感，花岡則是得意地揚起笑。她的笑容如同古早的電影女演員，一抹微笑就能為場景增添色彩。

「他的資歷也很驚人呀。不過他實在不太懂人情世故。」

「老師之前和T響的首席大吵一架，結果入團的事就報銷了。」佳澄悄悄說道，橘吃了一驚，花岡則是雙手抱胸，感慨地說：「世上什麼事都有。」

「老師討厭拐彎抹角，所以應該是對方有問題。不過音樂界很小，又吃人脈，他又沒有日本音樂大學的人脈，很吃虧。沒有人脈，自然不會有工作。那領域也不是只看實力吃飯呀。他長得不錯，也不是說希望老師成為有名的獨奏家，但不知道能不能幫他想點辦法。」

花岡嘆了口氣，說是不希望老師成天面對自己這種普通老太婆，平庸過一輩子。佳澄從旁出了主意，想建議淺葉去參加大的音樂比賽。花岡無奈地撐臉說：

「比賽也是人人搶破頭呀。」
「音樂的世界博大精深。到了比賽的程度，可不知道會冒出多厲害的對手。」
「不過，淺葉老師是李斯特音樂學院畢業的。」
橘認為淺葉贏得比賽的機率沒有這麼渺茫，花岡卻斜著頭，認為那類比賽，滿地都是經歷類似的參加者。她骨感手腕上的金色手鐲閃爍金光。
「靠音樂吃飯很困難的。不對，正確來說，要用自己能接受的方式過活，難如登天。」
「匈牙利會不會比較多音樂相關的工作……」
「匈牙利的音樂環境和日本不一樣。就算不進大樂團，那邊環境也好過日本，比較適合靠音樂過活。」
橘聽著花岡和佳澄的對話，不禁低聲疑惑，淺葉為什麼會回國來？正上方突然傳來淺葉的聲音：「因為我簽證到期了。」
「你們不要在別人背後大聊別人的私事。」
橘道了歉，淺葉坐到內側座位，一臉不滿。甜點正巧送上桌，花岡輕拍淺葉的背，哄道：「義式冰淇淋來了，你不是期待很久？」淺葉緩慢地抬頭望向服務生，他的脖子泛紅，可能有點醉了。
餐廳似乎開到深夜，其他桌甚至現在才開始他們的宴會。正好碰上客人進進出出的時段，狹窄樓梯前的收銀檯排滿一團團客人。

餐廳活潑的氛圍，感覺實在舒暢。

淺葉吃著開心果口味的義式冰淇淋，喃喃說著：「這真好吃。」橘也挖了一口，香氣頓時充滿鼻腔。

沒有任何人提議，一行人自發性地來到夜晚的橋上散步。距離二子玉川車站，頂多只有橫跨多摩川的一座橋路程，正適合醒酒。盛夏夜晚，橋上的風依舊涼爽。

一行人在餐廳前和花岡告別時，她朝橘揮了揮手，說：「下次見。」

簡單的一句話，觸動橘的心弦。自己原來也能參加他們的下次聚會。

「橘，你也要往二子玉川的方向走？」

都走了一陣子，淺葉才忽然想起沒問橘要往哪走。橘簡單回答，自己方向一樣。淺葉現在完全喝醉了。看他喝得多，結果酒量並不大？

「你今天來玩，感覺聚會怎樣？」

「我很開心，他們人都很好。」

「那就好。他們挖了我一堆往事出來說，反倒是我不太爽。」

「都怪花岡大姊。」淺葉噘起嘴罵道，橘故意調侃：「畢竟您是現代的卡薩爾斯。」淺葉聽橘又提起，抓了抓後頸：「誰會記得自己喝醉說過什麼。」

走過長長橋梁，橘凝視著無邊無際的夜。黑暗遠離了城市的火光，徹底覆蓋整條河岸。

他下意識注視黑暗，感覺自己脫去了許多紛擾。職場煩悶的人際關係、慢性失眠、驚恐的事件記憶，以及再次接觸大提琴的前因後果。

淺葉並不知道，每一次上課內容已經錄成音檔，成為日後的證據。

「是說，淺葉老師以前住在匈牙利，對不對？」

橘不自覺地開了話題。淺葉說：「對。」

「您會說匈牙利語？」

「只會說一點點。」

「馬札爾語很難，所以英語能通的話，我多半都講英語。」橘聽完淺葉的解釋，第一次知道有一套語言叫作馬札爾語。

「匈牙利有什麼？」

「音樂和溫泉。」

「咦？溫泉？」

「有溫泉喔，而且不知道為什麼，居然蓋在市中心。」

「好難想像。」橘說，淺葉笑道：「說是溫泉，但進去都得穿泳衣，所以比較像外觀好看的游泳池。」

「您之前待在布達佩斯？」

「對，匈牙利的首都。」

布達佩斯的夜晚美得令人屏息。淺葉說著，視線緩緩上升。他的視線前方，河岸的黑暗與都市的光明彼此混雜。

「布達佩斯分成布達區和佩斯區，中間夾著一條多瑙河。布達有王宮，佩斯有國會大廈，鏈橋像是連接兩邊，在夜晚的河川上閃閃發光。那風景太耀眼了，像是收集世上所有光亮，在黑暗中一字排開。」

聽對方的口吻充滿感情，橘不禁凝望淺葉的側臉，對方的雙眸滿載著情緒。橘心想，等到這男人酒醒，自己向他提起這份熱情，他是否會害臊？

「您想不想回布達佩斯？」

「當然想啊。」

淺葉喃喃重複道：「我想回去。」

佳澄走在幾公尺前，忽然回頭喊：「老——師！」橘配合淺葉的步調，和前面的人拉開了一段距離。

「玉川煙火大會是下週對不對？不是下下週齁？」

「是下週。」

「我就說是下週嘛。」前方傳來佳澄的笑聲：「不會吧！」梶山的驚叫聲莫名逗趣，橘也不自覺笑出聲。

多麼美好的一晚。也許對他人而言，這樣熱鬧的夜晚家常便飯，但對橘來說，卻十分難得。

二子玉川車站的月臺綻放刺眼的光，一步、又一步地靠近。

「老師喜歡小野瀨晃？」

「嗯。」

「換作是古典樂，您喜歡誰的曲子？」

淺葉仰望夜空半晌，說道：「應該是布拉姆斯（註6）。」橘簡單應了一聲，隨即面向前方。

自己若是不小心說出「我喜歡巴哈」，課程內容也許會跟著更改。

6

有件事，發生在氣溫開始驟降一週後，某個稍嫌寒涼的秋夜。橘抵達琴房，正把大衣掛上衣架，身後傳來大提琴聲。不過不是直接演奏，而是智慧型手機裡的琴聲。

只見淺葉播放的影片裡，花岡正凜然地拉動琴弓。

「這是什麼時候的影片？」

「去年的發表會。大家每年都會興匆匆穿上正裝，像這樣站上舞臺。梶山先生這天可是穿燕尾服咧。」

註6　布拉姆斯（Johannes Brahms）：為歐洲浪漫主義中期的德國作曲家，與巴哈、貝多芬齊名。

花岡一襲黑色長禮服，宛如女演員，氣勢十足。她渾身散發少見的年輕氣質。

影片播完後，淺葉滑過一張張照片，梶山、蒲生、佳澄、琢郎，每個人都精心打扮。

「橘也來參加發表會吧。」

「今年也會辦。」淺葉開口邀道，橘不禁遲疑。

「正式發表是十二月二十三日，地點在教室大樓的五樓表演廳。畢竟是辦在聖誕節前夕的星期六，有人搞不好早有約了。」

「我目前是沒有行程……」

「那就來吧。」

知道要站到臺上之後，上課自然會更專心。淺葉說著，遞給橘一張宣傳單，上頭寫了發表會的細項。橘接過，低頭讀起來。這張傳單並非之前謝師派對的手繪傳單，而是三笠的正式版面。

「要不要參加當然是看學生意願，但你如果有空，最好還是來一下。擁有舞臺對演奏者很重要。曲子的完成度絕對會更上一層樓。」

淺葉再三勸說之下，橘不禁答應了。淺葉笑說：「好，很棒。」

臥底調查開始之初，鹽坪已經告知過，三笠音樂教室每年會舉辦一次發表會。既然喬裝成學生，能參加自然是好。

不過，橘不擅長參與公開場合。除了他容易緊張過度，兒時參加大提琴發表會時，完全沒有好回憶。

他真的很討厭有不特定多數人的目光，聚焦在自己身上。

「發表會……要演奏什麼才好？」

「流行歌、古典樂，什麼都可以，橘喜歡什麼就拉什麼。」

淺葉提到有時候是講師選，橘當下便想麻煩老師。淺葉聞言，神情隨即變得沉穩。

「話是這麼說沒錯，但你不自己挑表演曲，這樣好嗎？」

橘真正喜歡、想演奏的曲子，是巴哈。

他明明用「想拉流行歌」當藉口上課，實際上毫不在乎流行歌。以防萬一，他早就配合人設準備好答案，但現在隨便說歌名，未來也許會露餡，橘還是比較想讓淺葉幫忙選曲。

「我很容易猶豫不決，不太能自己決定這麼重大的事。」

「我選當然好，但以我的喜好，曲目自然會偏古典樂喔。」

「啊，不然您覺得小野瀨晃的樂曲，怎麼樣？」

不太想拉古典樂，這話剛到橘的喉頭，出口前一刻忽然靈機一動，改了說詞。

「咦？你喜歡小野瀨嗎？」淺葉問。

「大家都喜歡小野瀨晃。像是之前老師為我演奏的《雨日迷宮》，那首原本也是以大提琴為主調，您覺得如何？」

橘確實很喜歡那首曲子。之前聽到淺葉的演奏時，橘真心覺得這是首好曲子。

不過，淺葉卻意外面露難色，橘突然感到羞愧。

「呃、那首啊……」

「不可以？」

「不是，也不是說完全不可以。」

「那首曲子，對我來說太難了？」

「不是難度問題，只是我覺得……橘難得要上臺拉一首，應該有更適合你的曲子。」

不過淺葉聽完橘的請求，也不自覺開始思考曲目，橘最後還是交給淺葉選曲。

三笠音樂教室二子玉川分校的聖誕發表會，將會辦在三笠二子玉川大樓頂樓的三笠表演廳。這座表演廳很大，容納人數超過三百人，甚至設有二樓席位，音響設備更是廣受好評。

公司內謠傳明年開始，聯盟的理事人選有變，之後橘見到鹽坪的機會就少了。原因不太可能是資料部工作繁重。看鹽坪時不時長時間離席，橘猜想可能頂樓發生了自己難以得知的狀況。高層的動靜不可能告知基層員工。

每日上班時間，稍縱即逝。不開會的日子，橘甚至能不和任何人說話，直到下班。

現在他只會每週發一次電子郵件，寄送調查報告書給鹽坪，都快忘記自己到三笠上課的緣由。

「喂，你有看見鹽坪嗎？」

橘聽見湊主動詢問，驀地抬起頭。到底跑去哪了，這麼久不回位子。對方的碎念聲低沉又粗魯，橘實在不想和他扯上關係。

「我沒看見他。」

「一大早的，他怎麼就鬧消失。我中午前沒找到他就完蛋了。」

湊粗聲命令橘，叫他看到鹽坪馬上說，橘這下也有點火大。湊對誰都是一副粗聲粗氣，偏偏特別針對橘。他似乎想追求總務部的三船，但這跟橘無關。

好想早點回家，好想拉大提琴。

「你會在公司的年曆上寫私事啊？」

湊故意探頭觀察橘的辦公桌，「聖誕節還用螢光筆畫起來，你要去幹麼？」橘不由得瞪了上方一眼。桌曆頁面下方附了後兩個月的迷你月曆，橘用橘色螢光筆，在發表會的日期上做記號。

「……我預定那一天看牙醫。」

「兩個月前就定了？」

「因為那位牙醫預約很滿。」

更何況那天只是二十三號，不是聖誕夜。湊聽橘反駁，冷哼一聲：「我管你的。」

「大帥哥就是大帥哥，只想著把自己弄好看。你乾脆也去美容外科整一整如何？」

樓層內側傳來呼喊聲：「湊先生——」湊舉起單手，表示有聽到。「果然有吧？」、「有的、有的。」不知前因後果的對話，聽起來特別刺耳，橘的手指無謂地按了幾次滑鼠按鍵。

緩緩握起辦公桌上的左手，摸得到想像中的琴弦。A弦、D弦、G弦、C弦，指尖輪流按住四根琴弦，大提琴就能奏出各式各樣的旋律。

拉奏大提琴的期間，可以忘掉所有煩憂。

聚焦在震動的琴弦上，眼前的世界便會隨之模糊。他唯有專注到眼前朦朧如散光，才能徹底遮蔽根深柢固的恐懼，屏去微小的憤怒。

橘隔了好一陣子，去失眠門診領藥，醫師問候了聲：「好久不見。」他這次戴著綠色橢圓形的耳環。

「您這次回診距離上次有一段時間了，睡眠狀況感覺有改善？」

「和以前相比，改善不少。」

「喔，那太好了。」

「不過，請您今後還是別按照自己的判斷減少藥量，要按照時間定期回診。」

醫師仍溫和地提醒，橘回答：「我明白了。」

橘這天第一次察覺，診間放了一盆很高的植物。

「您用了什麼方法助眠？還是生活起了變化？」

「變化嗎……」

「也許變化很細微，對橘先生而言卻是很重大的變化。」

「我開始……接觸音樂。」

醫師停止輸入資料，微笑道：「接觸音樂，很好啊。是彈鋼琴或吉他之類的？」

橘隨口稱是。

「是去上課？還是參加樂團？」

「上課。」

「學才藝很需要能量。自己挑選想學的種類、比較教室好壞、一邊工作一邊學習，很需要毅力。真佩服您這麼有毅力，我自己光是上上體驗課就滿足了。」

醫師意外表示了尊敬。橘感覺自己配不上對方的敬意，有些窘促。龜背芋的葉片，在視網膜上顯得格外翠綠。

自己並非單純想學才藝，才去三笠上課。自己只是去臥底。

「不過，找教室之類的預備工作，都交給別人幫忙了……」橘說。

醫師並未追究這句話的含意，提議試著從這次開始減少藥量，橘卻希望保持目前的藥量。

臥底調查期間為兩年。開始臥底之後，已經度過幾個月，過了年末發表會後，就正式滿半年。

「我決定好橘要拉的曲子了。」

橘一打開琴房房門，就見到淺葉喜孜孜的。「請問是什麼曲子？」橘放下公事包，隨即拿到一本大本樂譜。

漆黑封面不帶光澤，設計時尚。外觀和目前用的《快樂演奏大提琴──流行音樂篇》天差地遠。

封面偏下方的位置，以反白字勾勒出標題。

《戰慄的鰍鯢鯊》。

「念作『戰慄』……這樣對嗎？」

「對對對，咦？你沒聽過這首？」

「標題我有印象，應該聽過。」

橘馬上打開樂譜，內容是一段段附了鋼琴伴奏的大提琴譜。眼睛掃過序曲的音符，腦中卻想不起曲調。

「我記得這是以前的電影配樂？」

「對。」

電影與樂曲同名，同樣遠近馳名，但是橘並沒有看過電影。印象中，這部電影的上映時間，比自己出生之前還早。現今媒體提到《戰慄的鰍鯢鯊》，多半是指電影的主題曲。

「我等下會拉一次當示範，但你可以先聽聽看附伴奏的音樂。演出當天應該也有鋼琴伴奏。」

「發表會有人幫忙伴奏？」

「看曲子。順帶一提，我的學生演出，多半是我負責伴奏。」

「原來您也擅長彈鋼琴。」橘答完，凝視著漆黑樂譜。淺葉為什麼為自己選擇了這首曲子？

「卡薩爾斯會在一天開始之際彈鋼琴。我模仿他的習慣，每天早上也會彈鋼琴，算是一種小魔咒。」

皺鰓鯊，是指什麼？

橘知道這是一部老電影，從尾巴的名詞發音猜想，以為是什麼地理電影，但仔細想想，應該是完全不同的單字。

設計深沉美麗的樂譜，好似深海。

「這首曲子很華麗。華麗之餘卻很沉重，漆黑、幽靜，帶有獨特世界觀。」

淺葉剛播放曲子，橘隨即想了起來。

獨具特徵的鋼琴前奏。

這首主題曲很有名，被用於各種場景。想必很多人就算想不起特殊的曲名，也對旋律有印象。

樂曲曲調漸漸沁入耳內，橘忽地察覺一股奇妙的不協調感。大提琴的聲響莫名深沉，彷彿一步步潛入地底深處，難以言喻的恐怖油然而生。

這並非人人能共感的恐懼。

淺葉用「華麗」來形容這首曲子尖銳的陰晦之處，橘卻害怕它的銳利。

「如何？小野瀨的作品裡，我特別喜歡這一首。」

橘睜開眼，聽淺葉詢問感想，他言不由衷地讚好。淺葉將手機放回桌面，說：

「我覺得這首曲子的鋼琴部分有點特別，今天早上稍微練了一下。大提琴的部分當然很好聽，但伴奏讓人印象深刻。」

「你喜歡就好。」

對方都已經準備好樂譜，自己事到如今也說不出討厭。更何況，橘恐怕說不清為何討厭。

「橘，你看過這部電影嗎？不知道你看不看電影？」

「我沒看過。」

「我也還沒看。這部被譽為名作，卻很晚才出DVD。現在上串流也找不到了。」

「電影是什麼樣的故事？」

「聽說是諜報片，也就是間諜片。」

故事描述一名隸屬間諜組織的孤獨男人，在臥底敵國時尋得自己的歸處。橘聞言，見到淺葉直爽的笑容，不自覺止住了呼吸。

「老電影了，我也只知道簡介。聽說拍得很好看，但現在曲子反而比電影有名。」

橘低聲應了一聲，喉嚨不自然地上下鼓動。無數推測在心臟周圍打轉。對方該不會察覺什麼破綻吧。

琴房一如往常，橘卻突然覺得無比狹小。

「原來……那是間諜片。」

「從標題看不出故事齁？我是先認識曲子，才知道電影。」

「我不太看電影。請問諜報題材電影的結局，都長什麼樣？」

「我也沒看《鱷魚鯊》，不知道。大概不是主角死掉，就是歡樂大結局吧？」

這張CD的封面圖冊收錄許多電影場景照片，角色服裝也很帥氣。淺葉笑得像個下課後的中學生，得意地解釋：「當時的小野瀨還很年輕，卻已經為海外的著名導演提供樂曲了，很厲害吧？」

「現在想想，橘有點像年輕時的小野瀨。」

「老師，您為什麼為我選了這首曲子？」

畢竟小野瀨還有很多其他的作品。橘問道，刻意揚起笑容，淺葉則是彎起手指，頂端靠在下巴，仔細沉思。

他的眼神太過直率，彷彿擅長無意間觸及真實。

「因為你很有那首曲子的氣質？」
「這……什麼意思？」
「電影裡孤寂的間諜，很帥啊。」
「我覺得你能表現出那種孤寂的氛圍。」淺葉說完，他撐起自己的大提琴，伸出纖長手指，向橘要了樂譜。
「這首曲子的中段滿難的。很多段落容易被左手的指法拉走注意力，要小心。一直注意自己有沒有按錯，反而沒辦法呈現樂曲的優點……」
「請問，『鰷鰮鯊』是什麼意思？」
橘從未這麼強硬打斷淺葉，淺葉回望，有些意外。
蜜糖色的大提琴靠在主人懷中，等待奏響的瞬間。
「鰷鰮鯊是魚的名字，這種魚很醜，棲息在深海中。」
淺葉對真相一無所知。他解釋：「電影裡那些間諜隱姓埋名，潛入一般百姓和平的日常生活中，就被稱為『鰷鰮鯊』。」
「順帶一提，電影原名直譯就是『鰷鰮鯊』三個字。據說日本譯名比較傳神。『戰慄』的意義，除了因恐懼發抖，在日文裡也有聲音震動的意思。也就是說，譯名的含意和那段獨特的鋼琴前奏莫名契合。」
他又一次，笑得如同純真少年：「我也是從CD圖冊裡知道這段故事。」
課程時間很緊湊，平時上課並不會閒聊太久。偏偏不知為何，今天的淺葉特別健談。

「間諜故事很讚。國家機密配上轟轟烈烈的動作場景。橘，你喜歡〇〇七嗎？」

「我也沒看過〇〇七。」

「那你下次找時間看看，內容應該就如你所想。電影的槍戰很刺激耶。」

每個人都曾想像自己成為詹姆士・龐德。淺葉說著，橘卻靜靜地撇開目光，說：「那種又酷又帥的間諜，在電影裡才看得到。」

《戰慄的鰍鯢鯊》比目前教過的任何樂曲都困難。過了樂曲中段，總共有五處棘手的和弦。手指滑向正確位置之前，總是多了些許遲滯，硬生生截斷曲子的流暢感。不論重拉幾次，總是無法順暢度過同一個段落。

每當自己差點丟開琴弓，質疑到底有誰能演奏這首曲子，總會想起課堂上的景象。淺葉也是第一次演奏，卻拉得輕而易舉。就是有人做得到。

指法只能靠反覆練習。練十次滑不到位置，就練一百次，一百次不夠，就練一千次。只能一而再、再而三地按下指板上的琴弦，讓身體記住順序。

冬天的卡拉OK很冷，開了暖氣，橘仍渾身發涼。週日午間客人三三兩兩，橘還背著大型樂器，於是店員又把橘安排到派對包廂。大包廂擺了紅黃相間的沙發，還附舞臺，一個人用起來太寬廣。

智慧型手機螢幕亮了，橘暫且停下手。他把琴弓放在桌上，拿起手機，望向新訊息通知。

這個月的聚會應該會安排在月底的週六或週日！

訊息上方顯示著群組名稱「謝師派對」。

發訊的人是佳澄。

接著又跳出新訊息：「請問大家的行程能配合嗎？」橘回覆自己兩天都能參加。蒲生隨後也回覆了，接著是梶山，佳澄最後傳了一個活潑的貼圖。

橘上個月也參加酒會，結果從此被列入謝師派對成員。他與這群人只見過兩次面，加上下次就是三次。除了這群組的聚會，橘沒有其他約定，他們可說是橘現在最親近的一群人。

訊息畫面接連更新，咚咚地響著。橘凝視手機螢幕，不自覺閃過一個想法。自己現在才活得像個人。與他人交流、適量睡眠、練習大提琴。儘管仍會偶爾夢見那深海的惡夢，半夜驚醒的次數已經比以前少了不少。

真希望現在的生活能持續下去。念頭每次掠過腦海，討人厭的預感總是讓心底一涼。

注意力再被指法拉走，又要被淺葉念了。琴弓的力道渙散，聲音就不夠響亮。差不多該伸展手臂，要讓手的肌肉休息。

橘專注練琴，以逃避早已定案的結局。

呼出的氣息開始明顯可見之際，二子玉川車站前的燈飾開始亮起。處處可見冬之燈火，邁向年末的體感速度也開始加速。

三笠大廳出現高大聖誕樹，將大廳妝點得更加華美。那是一棵潔白的聖誕樹，統一掛上金色裝飾。

「咦？橘先生。」

熟悉的柔軟嗓音呼喊著橘，一看向休息區，便在那發現佳澄。她披著米色羊毛衣，一頭樸素的中長黑髮。筆記本上放了幾枝有色原子筆，她應該是正在寫大學的作業。

見到香檳金色的大提琴盒橫躺在一旁，橘想起了第一天來到三笠音樂教室時的情景。

「您等一下要去上課嗎？我是還有很多時間，打工提早下班了，也得寫作業……」

「那個、好久不見。」佳澄問候道，露出有些尷尬的笑容。橘也打了招呼，說我離上課也還有點時間。他剛拉開隔壁桌的椅子，佳澄便迅速收拾筆記上四散的筆。

橘總是見到佳澄和長輩說話的樣子，本以為她個性比外表成熟，現在重新觀察，倒覺得她的舉止很符合年齡。

「大學的作業，很困難？」

「這倒不會，只是我比較不懂變通……」

「對了，我在這裡看過妳的大提琴盒。」

「只是第一次參加酒會的時候，我沒想起來。」橘解釋，佳澄恍然大悟，搖了搖頭。

「請您別在意。我擅自記住您而已，真不好意思。」

「佳澄在大學專攻什麼科系？」

「呃……」

「是幼兒教育。」女孩害羞地悄聲回答。橘一開始不解對方為何害羞，隨即會意：「所以那些手繪傳單是妳……」佳澄靦腆地笑了笑，點點頭。

謝師派對的通知單，每一次都是由淺葉發給同學。童稚的手繪文字，四周畫上花朵、鳥兒，新同學看了也有好印象。

「每一位幼兒園老師真的都會彈鋼琴？」

「彈鋼琴不是考執照的必要條件，但找工作的時候就會用到了。」

「所以佳澄也會彈鋼琴啊。」

橘稱讚她很厲害，佳澄聞言，又羞紅了臉。有人從大樓梯下樓。差不多到了上一批學生離開的時間。

整個空間開闊、寬廣，休息區卻很溫暖。

「佳澄要在發表會上演奏什麼曲子？」

「我選了巴哈。」

「巴哈？」

「『第一號無伴奏大提琴組曲』的前奏曲。」

佳澄問橘是不是也選巴哈，橘低聲告訴她，自己的表演曲是小野瀨晃的電影配樂。佳澄神情明亮地說：「真好，是小野瀨！」橘聽了，差點脫口坦承，自己比較羨慕她能選巴哈的曲子。

「你這次比上次連得更順了。指法很難到位的部分，總之就是練習再練習。只能用身體記住手指在每個音階的動作。」

注意力要放在運弓上。淺葉再次提醒了同一件事，橘苦惱地低吟：「我還做不到。」

「怎麼會？只要多把注意力分過去就好。」

「我沒這麼靈巧……」

「你別想太多，這樣不太好。比起一、兩個指法錯誤，整體的印象與回聲更重要。」

畢竟你現在不是準備參加大賽。淺葉苦笑，但橘覺得發表會和比賽差不多。三笠表演廳很寬敞，自己要到那種大舞臺上拉琴，一定會緊張到全身僵硬。他絕對不想毀了表演。

「你這次參加的場合，不會因為些微失誤，就被評審雞蛋裡挑骨頭扣分。弄錯一點點無所謂。」

「可是，那是大音樂廳啊……」

「橘是為了誰才上臺？你這次是參加發表會。所謂的發表會，只要能暢快地演奏就謝天謝地了。反過來說，你要是拉琴拉得不夠暢快，反而會搞砸。你想怎麼演繹這首曲子？只為了一、兩個小失誤怕得氣餒，不去嘗試將大提琴拉得更優美。把這種無聊的念頭扔遠一點。」

「我不是氣餒，只是無法像老師拉得這麼靈活。」橘嘀咕著，淺葉不禁尷尬地笑了笑，說：「抱歉，我說過頭了。」

「只是啊，我看得出你努力的痕跡。看你練得認真無比，卻太過沒自信，我覺得很可惜。」

「反正我骨子裡就是無聊又陰沉。無趣的人演奏音樂，怎麼可能有氣質？」

淺葉用力抓了抓後頸：「我就說，對不起啦。」

「我把話題拉回來。大提琴這種樂器，最重要的就是『回聲』。回聲是大提琴的一切。就算不按弦的一個音，只要能夠美麗地延伸回聲，就是一個厲害的大提琴手。」

「很遺憾，我就是不厲害的大提琴手。」

「少騙人啦，我知道你有實力。」

淺葉搶過琴弓，橘的右手沒了東西。

橘的琴弓是向三笠借用，出租用的普通琴弓。儘管不是高級貨，每次淺葉拿在手上，忽然就能發揮琴弓的潛力。

「我從頭示範一次，你仔細看好持弓的方式。」

空了一拍後，淺葉的目光下放，望向大提琴琴腹。片刻之後，琴弓開始動作，琴房中的空氣驟然一變。

低沉的震動圍繞住橘，意識飛走片刻。

琴弓如同翅膀，輕巧推拉。橘凝視著，忽然感受到奇妙的暈眩。琴音在腦中迴盪的位置，和其他曲子不太一樣。

深邃的聲響，簡直要探入地底。甘美的音符，沁入身心。

「運弓時，只要放輕力道，注意力自然會移到琴弓。這麼做就能和左手取得平衡，聲音一定會更好聽。」

「您不覺得這首曲子，會打亂自己的座標？」

演奏結束之後，體內仍留有古怪的感受。他察覺自己起了雞皮疙瘩，不知為何，渾身猛顫了一下。

「打亂座標？」

「該怎麼形容？老師的琴音，平時應該響在更高的位置。」

「你是說，回聲的位置很低？」

「聲音響在腦袋，感覺卻像是深入腹部。」

「那可能代表我有表現出自己對樂曲的印象。」淺葉將琴弓還給橘，儘管這也是一把借來的琴弓，總有一天要還給三笠。

暫時借用的大提琴與琴弓，絕不會為橘所有。

「你還記得大笨鐘那次嗎？」

對方突然提起有點久遠的往事，橘不禁疑惑。

「……記得。」

「我那時候，拉的是愛情連續劇的主題曲。曲調明亮又快樂，副歌有一段大高潮，是一首非常幸福又活潑的曲子，感覺讓人能一跳跳到大笨鐘上。所有細節，都和《皺鰓鯊》很不一樣。」

我演奏這首曲子的時候，身在陰暗深海裡。橘一聽，體內登時打起哆嗦。

「那地方沒有光線，空無一人，伸手不見五指。在那冰冷深邃的海中，一條孤獨的大魚屏息以待。牠有一張醜陋的面孔，直瞧著我，靜靜等待我的動作，彷彿在告訴我，『我正看著你』。」

正統平實的間諜電影，大概就是這種感覺。淺葉說著，面帶笑容，橘卻沒能擠出笑意回應。

「也就是說，演奏方式會隨著自己對樂曲的印象改變。所以你不要光注意指法，應該著重在腦中的形象。」

淺葉將譜架轉向橘，「你也要想像著那片漆黑深海。」悸動不停敲打心門，久久未停歇。

鹽坪詢問橘，發表會準備是否順利。橘點了點頭。

「聽說是聖誕發表會啊，你要拉什麼？」

橘低聲回答，是小野瀨晃的電影樂曲。鹽坪又繼續追問電影名稱，橘不禁感到意外。他告訴鹽坪，是《戰慄的皺鰓鯊》的主題曲，鹽坪的雙眼登時定住。

「一個年輕人居然知道《戰慄的皺鰓鯊》，這曲子很老了。」

鹽坪又問橘是否看過電影，橘答了沒有。主管消瘦的雙頰扯了扯，自嘲似地嘆道：「只有曲子留到現在了啊。」

「以前的電影院不會定期清場。進去之後，想待多久就待多久。我小時候在電影院等父母，看了不少電影，其中《皺鰓鯊》特別好看，那個孤寂的感覺很不錯。」

久違的地下資料庫，空氣感覺莫名冰涼。無論何時前來，資料庫中，灰白光景依舊。

「地下室果真比較冷，差不多該回去了。」

鹽坪這陣子不太關心三笠的臥底狀況，也許是其他案子讓他忙不過來。也因此，他大概沒有仔細確認課程的錄音檔。

一早市中心也下了雪，交通陷入混亂。橘今天得從目黑車站搭電車，不然上課一定遲到。

尤其是今天，他想流暢地連結所有段落。

不知不覺間，距離發表會只剩十天。

「實際做下去，會覺得時間過得很快，是吧？」

橘發呆的時候被突然一問，赫然回神。「您是指？」他回問，主管挖苦似地揚起薄唇：「我說臥底調查的日子。」

「撐過半年，之後就是一轉眼的事。習慣會麻痺人對時間的感覺。心情上，之後的臥底工作差不多就剩一半時間。你就當作已經距離終點不遠，接下去好好加油。」

橘聽著主管的鼓勵，下意識摸向胸口口袋。錄音筆，一如往常插在西裝口袋中。

自己在三笠度過的時日，全收納在筆中的檔案。

「你看起來很累。」一打開房門，淺葉隨即說。橘勾起嘴角，答：「沒這回事。」

「你最近工作又忙起來了？」

「應該算普通。」

「你的『普通』，可能是別人的異常啊。我不知道一般上班族的生活步調，但你千萬不要被工作追著跑，連午餐都不吃。」

不對，你是公務員。橘見淺葉自己更正，莫名失笑。他脫下大衣，掛到衣架上，淺葉忽然從身後問：「對了，你是做什麼工作啊？」
「我記得之前有說過……就是公務員。」
「我不是在說職稱，我是問你實際上做什麼工作？」
橘回答，自己是做區公所的內勤工作，隨即傳來尾音拉長的應和聲。
「你回家會經過二子玉，工作地點離教室算近？世田谷區？」
「是目黑區的區公所。」
「欸？真的？我住在中目黑那附近。我以前也去過目黑區公所，去領住民票（註7）。橘，你需要做窗口嗎？平時都做哪種工作啊？」
去有侵害著作權嫌疑的企業調查、蒐證，供官司使用。這段話剛擠上喉頭，橘又硬是嚥下去。
「我平時負責管理綠地、公園或行道樹……恐怕沒機會在窗口和民眾見到面。而且我只負責文件，不太去實地管理。天天都在辦公大樓做文書工作。」
這段人設出自鹽坪親戚的工作內容，不太可能出紕漏。橘當初聽完所有職務細項，現在還記得一清二楚。
「管理公園啊，聽起來真不錯。假如賞花季聯絡你，你能幫忙搶好場地嗎？」

註7 住民票：為日本特有的身分證明之一，只能在自己居住的地區申辦，主要記載姓名、性別、生日以及居住地址。

「這不是我的職務範圍。」

「喔，好官腔。」

橘聽著淺葉調侃，為自己想像了另一條人生道路。

自己去目黑區公所上班，在各單位轉調一番，最後來到道路公園科，開始學大提琴放鬆心情；講師教學技巧精湛，個性和自己合得來，自己還能定期參加聚會，和一群善良的同學開懷暢談。

辦公大樓陌生又寂靜的樓層景象，在腦中特別鮮明。

「好，上週之後，你練得怎麼樣？雖然我提醒過很多次，還是要再提醒你，小心別練過頭。」

淺葉全身靠向座椅的靠背，打算先欣賞橘自主練習的成果。橘停止無謂的幻想，迅速調整琴腳。

自己今天一定要進展到收尾，不然會趕不上發表會。發表會前的課只剩下下星期。得趕快克服中段的難關，讓淺葉修正後面的部分。

自己私下練習再多次，自學總有極限。自己演奏上的缺點多如繁星，例如姿勢不良、演奏時的壞習慣，必須讓淺葉修正，示範給自己看，才會明白盲點。

橘很需要上課。

他輕柔地持弓，琴弓與琴弦呈現直角之際，一股預感油然而生。自己這次做得到。

低音悠緩響起。經過慢板的前段，主調轉向鋼琴。琴鍵的光輝於海面點點閃耀，大提琴此時像從背後襯托鋼琴聲，節奏一口氣加快。那一段困難的和弦，猶如立於前方的五根高樁。

輕巧越過最初的木樁，視野登時清晰了起來。

第二根，第三根。

自己還來不及數數，已經跨越第四根，等自己踏上最後的木樁，難關猶若遠去。

接下來便如同沿高梯飛快滑下，不知不覺已奏完尾聲。

「很不錯啊。中段已經不像之前那樣卡頓，音色流暢之餘也變得很渾厚。單就正確拉奏樂曲這點，你算是畢業了。」

你這次順順地拉完了。淺葉微笑道，橘應著：「是啊。」

突破難關之後，所有問題頓時迎刃而解。

「你之前練得很勤？」

「是很勤……」

「拉得很好，聽起來莫名清爽。像是從熱血運動社團集訓回來，隔天第一次擲球的感覺。」

剛才那次演奏之前的難關，已經不再是難關。感覺很類似之前失眠到受不了時，聽淺葉的大提琴聽到入睡。

橘半年前對於大提琴的恐懼，如今已徹底遺忘。

「演奏技巧大致上合格，現在只剩下呈現方式。你拉得夠流暢，自然是好事，但到正式表演上，可不能讓你這麼拉。」

畢竟這首曲子，要呈現一個間諜潛入深海，隱隱顫抖的場景。淺葉拉過自己的大提琴。橘知道，淺葉只要拉奏這首樂曲，琴房便會逐漸陰暗。

「在呈現一首樂曲時，最重要的是什麼？就是你的想像力。精準的想像才能賦予音樂靈魂。想像力和職業、業餘無關，你要將自己培育的想像力，灌注在琴弦上。」

淺葉一開始拉奏，橘的雙眼便拚命捕捉那每一次纖細的運弓。

學生觀看、聆聽老師的演奏，音樂才能一代傳一代。光留下樂譜，無法傳承技術。

這次臥底調查，究竟會為音樂教室這方造成多大規模的影響？念頭偶然掃過橘的腦海，他又使勁抹消。

自己的行為絕非錯誤。更何況，三笠這些大型音樂教室早就透過侵害演奏權，嚴重損害聯盟旗下著作權人的權益。

陷得越深，就只能堅信自己是正確的，不然根本撐不下去。

「運弓輕柔，餘響深且長，一開始的四小節需要紮實演奏，剩下就看你的呈現能力。橘，你心中的深海，是什麼顏色？」

隨後，淺葉要橘演奏杜超威，橘疑道：「咦？」

「就是你在體驗課上拉過的那首，杜超威的練習曲。你現在重新拉一次，一定比當初更優美。」

「但我最近沒特別練習那首……」

橘順從地拉奏杜超威，音色柔軟、清澈，宛如清水。聲音和體驗課上的演奏判若雲泥。彷彿一幅古老圖畫逐漸恢復色澤，鮮豔且絢麗。

餘響消失，淺葉同時朝前方傾身。

「你剛才想到什麼？」

「咦？」

「你演奏的時候，腦中浮現了什麼景象？」淺葉又問了一次，一股難以形容的羞澀登時竄上橘的背脊。

「我想到……小時候見過的一幅畫，是泉水的畫。」

大提琴老師家中掛了幾幅畫，其中有一幅林中泉水，氛圍類似這首練習曲。橘說著，眼神不住游移，難為情的感受越發強烈。

橘平時不太提自己的事，要他坦白自己的想法，需要破釜沉舟般的勇氣。

「原來如此，你想像的是這種畫面。」

「我想像的畫面，和發表會有關係？」

「當然有，關係可大了。」

淺葉舉起兩隻手指，解釋：「橘的強項，是你會抱著一股傻勁勤奮練習，以及你精確的想像力。」

「你在體驗課上的演奏，其實稍嫌稚拙。畢竟你十年以上沒有拉琴，技巧不到家理所當然。然而你當時的琴音卻感覺得到若隱若現的形象，猶如點點清泉，清澈透明的杜超威。」

只要能和杜超威一樣，對樂曲想像出同等鮮明的情景，就能掌握《皺鰓鯊》。橘聞言，腦中閃過那足以壓潰人心的惡夢。

彷彿漆黑液體即將滿溢，任何光明都進不去那地方。

之後，橘又演奏了幾次《皺鰓鯊》，指法已經沒有問題。淺葉不停稱讚橘：「你放得越空，琴弓的動作就越來越輕巧。」

橘奏響沉重的弦音，思考著。

黑暗究竟會延伸至何方？他從腦中拖出那片深海的碎片，要潛多深，才能觸及其底？

「再完整演奏一輪，就差不多該下課了。開頭的四小節要更加細膩，中段注意節拍，對了，還有一件事。」

「我跟你提過小窗的事了？」淺葉問道，橘搖了搖頭。

「第一次發表會前的小建議。正式上場演奏時，自己的琴聲要傳到稍遠的小窗後。」

不論在小琴房，還是大表演廳，最後要注意的點都差不多。留有稚嫩的雙頰高高揚起。

「……可是這首曲子的琴聲，應該要像從昏暗深海傳出來？」

「是啊。」

「深海和遙遠的小窗，感覺不太相關？」

橘滿頭霧水，不懂淺葉的意思。淺葉覺得橘的反應很有趣，望向天花板。

「解釋起來有點困難。『深海』其實只是想像，是曲子的世界觀，對不對？只要有聽眾在，我們就要稍微把注意力放在他人身上，盡力將世界觀傳達給聽眾。」

不論曲目的形象是深海、是地獄，演奏家就該讓樂聲確實傳向通往外界的窗口。淺葉又抓了抓後頸，有些害臊。

「總之，你現在只要把這件事放在腦袋的一角就好。就算今年的表演顧不了這麼多，還有明年、後年。橘，你還有很多機會在別人面前演奏大提琴，所以表演會上盡量放輕鬆。」

見到那個坦率的笑容，橘當下察覺了一件理所當然的事。

淺葉相信橘之後，也會一直演奏大提琴。

「好，那就來最後一次。希望你回家的時候，雪沒有害電車停駛。」

最後一次練習時，橘想像琴房的隔音牆多出一扇小窗。窗外靜靜下著雪，城市的燈光化作西洋畫框，框起那濃黑的河岸。

發表會當天，冬日晨陽顯得特別清透。一拉開窗簾，朝陽把房內照得白亮，床邊的大提琴盒拉出長長的影子。

長影前方有剛買的垃圾桶，堆起一小層可燃垃圾。

橘微微拉開陽臺窗門，微風緩緩溜進屋內。他平時從來不開窗透氣，今天心血來潮，就開了窗。

乾爽的風一陣陣吹來，他感覺意識一次比一次更加清醒。

三笠表演廳的表演者休息室擠滿人與行李，試音聲此起彼落。今天是大提琴、小提琴、中提琴的弦樂共同發表會，參加表演會的三笠學生手提樂器，一個又一個走進休息室。

橘坐在自動販賣機前的長椅，聽著《皺鰓鯊》的原曲。曲聲每一次結束，他便抬頭望向走廊的時鐘，坐立難安。

「看你的表情，就是想趕快進駕駛艙啊。」

一罐罐裝咖啡遞到眼前，橘拿下耳機，道了謝。梶山的橄欖球員身材，配上一襲燕尾服，莫名有魄力。

梶山很會照顧人，內向如橘，也敢和他聊上幾句。

「駕駛艙？那是什麼意思？」

「聽說演奏家在音樂會發出第一聲的瞬間，腦波和飛機駕駛員離陸、著陸的時候一樣。雖然這是說職業獨奏者和交響樂團合奏的狀況，但對我們業餘音樂家來說，發表會也是差不多狀況吧。」

「順帶一提，我第一次參加發表會，還因為指法錯誤中斷演奏咧。」梶山大笑著說，橘一聽，斜倒咖啡罐的手登時僵住。「呃，你聽了可以笑啦。」梶山吐槽一句，橘雙頰的肌肉尷尬地抽了抽。

「我剛才隨便想像了那一幕……已經能讓我嚇得背脊發毛。」

「我那時候也真的嚇死了。」

橘感覺到，自己握住咖啡罐的掌心已泛著溼氣。前所未有的緊張情緒，正在心臟周遭來回狂奔。

「發表會很讓人緊張吧？」

老子都四十二了，還是緊張得要死。高大男人說著，坐到橘的身旁，橘看了他一眼。梶山似乎是某間化妝品公司的業務主任，在橘眼中，他是一名沉著、從容的成年人。

「梶山先生也會緊張？」

「當然會啊。我老婆、兒子都會來，我想讓他們欣賞帥氣的一面，也不想把大提琴當作單純的興趣。雖然這的確只是個興趣。」

休息室大門敞開，梳妝鏡前的座位擠滿了人。有些女學生搶不到座位，直接補起妝，加上粉霧，室內整體色彩顯得灰白。梶山的燕尾服也是黑色，聽說是三年前訂作的正式服裝。
橘今天也特地租了一套正裝，午夜藍色澤的正統西裝。
「橘，順帶問一下，你那套也是自己的？」
「怎麼可能。」
這身衣服從上到下都是租來的。梶山聽橘這麼一說，豪邁笑聲如雷，說道：
「我看你穿得活像電影明星，還嚇了一大跳！」
「早，結果我還是拖到快遲到。」
蒲生難為情地笑著。他剛抵達不久，琢郎也到場了，隨口打了招呼。橘和梶山也回休息室拿大提琴。工作人員高聲提醒表演者，全體人員要移駕舞臺拍攝紀念照，以及總彩排。休息室的氣氛頓時慌忙起來。
花岡和佳澄在最後匆匆來遲。
「趕上了！出門前有一大堆事要做，花了我不少時間。」
「快走吧。」梶山催著兩人，花岡急著放行李、拿琴。休息室到處都是行李，費了點工夫才找到放大提琴的空間。謝師派對成員還在匆忙準備，其他學生已經手持樂器，一一走向走廊。
休息室一時變得寂靜，洋溢獨特的亢奮。
自己未來還有沒有機會，感受這種興奮？
「小樹！來，給我們可愛的小公主讚美一句。」

花岡一把拉過橘，他下意識答應了。佳澄知道花岡是故意逗自己，羞紅了臉，焦急地說：「別這樣啦。」

佳澄平時打扮樸素，如今只是盤起頭髮，氣質頓時判若兩人。香檳金色的禮服，勾起橘和佳澄初次見面的記憶。

「佳澄，妳穿起禮服真好看。」

「不是，真的不用……哎唷，花岡太太！」

「妳選了大提琴盒顏色的禮服？」橘問道，良久，佳澄才低著頭說對。

「我想說誰還拖拖拉拉留在休息室，怎麼全部都是我的學生？」

響亮的嗓音響起，橘回頭看去，只見淺葉站在門外。

燕尾服底下的襯衫、西裝背心純白、有朝氣，手腕的白蝶珍珠蛤袖扣隱隱發光。稍長的瀏海整面梳向後頭，露出額頭，清爽乾淨，五官也有模有樣。

淺葉一襲音樂家的正式服裝，乍看還以為是某個樂團的成員。

「老師好帥！」

「青柳同學，妳也很美。總之你們趕快過去舞臺，不然我會被罵。」

淺葉拍了拍手，命令眾人立刻出發。他一手按在耳邊的無線電，通知其他工作人員：「我們六個現在要過去了。」橘也立刻來到走廊，沿著樓梯快步走向後臺。

緊張、興奮，讓體感時間顯得特別緩慢。一切景象推移像是變慢，每一個畫面彷彿剛補好色彩，色澤鮮豔奪目，深深烙印在腦海裡。

眾人吃著外送食物，蒲生說：「真羨慕您能演奏《皺鰓鯊》。」

「橘先生果真琴藝出眾。我也很喜歡那首曲子，但真要自己演奏實在難上加難。年輕人也許覺得《皺鰓鯊》很古早味，但我們那個年代說到現實路線的諜報片，就會想到這部片。《皺鰓鯊》有很多忠實老影迷。」

「電影很好看？」

橘剛問道，和蒲生同年代的花岡從旁插嘴，說自己不太喜歡。蒲生吞下一口火雞肉三明治，答：「我就很喜歡《皺鰓鯊》。」

「故事很悲情，所以喜不喜歡見仁見智。男主角啊，雖然是能力高超的諜報員，卻是一生形單影隻。他喬裝普通人潛入敵國，卻在敵國體會了普通人的生活。當他知道，自己的人生也有機會和鄰居孩子烤麵包，之後可難過了。主角內心的感受千真萬確，他的一切卻全是謊言。」

琢郎繫著圖案古怪的領帶，詢問「皺鰓鯊」是什麼。花岡皺起眉頭，答：「是一種很噁心的深海魚。」琢郎聽了，露出小虎牙，笑說：「深海魚不都又大又噁？」

「請問這種魚有什麼特徵？」橘問。「我只能就記得的部分告訴你。」蒲生先是說了這句，繼續解釋——

「聽說皺鰓鯊的孕期全世界最久，長達三年半，是一種非常謹慎的生物。電影也是依據皺鰓鯊的謹慎特質，用來譬喻諜報員。一名思緒縝密的間諜，必須在漆黑海中屏息以待，臥底時間久得令人煩悶，持續累積敵國的情報。」

「當真是櫻太郎老師幫你選了那首曲子？」花岡問道，橘答了對，把三明治捲的包裝紙揉成一團。

「那男人在想什麼？看著這張帥臉，居然會聯想到醜死人的深海魚。」

「他說……我看起來很有間諜的氣質。」

「他的標準太怪了！」花岡傻眼地高喊，在場所有人齊聲大笑。琢郎調侃道：「像你這麼帥，身邊卻沒女人，怎麼會像間諜啦。」

辣醬從包裝紙滲出，無聲無息地滴在指尖。橘有些心不在焉，鮮豔的紅花了點時間，才進入他的視野。

他用紙巾擦掉辣醬，紅色卻執拗地沾染手指。

「連小樹都能當間諜，那人人都當得起間諜啦。他一看就不太會說謊。」

「我若想說謊，也是能騙得了一、兩個人。」

「是嗎？我倒覺得你做了壞事，會直接寫在臉上，但這也是你的優點呀。」

老人家的觀察力可是很準的。花岡調皮地拋了個媚眼。她身後的門自動打開來，是佳澄回到休息室內。

「佳澄，距離開演沒剩多少時間，妳來得及吃午餐嗎？」

「我緊張到吃不下，今天就直接上臺了……」

橘收拾完午餐垃圾，在桌上攤開《皺鰓鯊》的樂譜。樂譜的尖角都發捲了，漆黑封面留了幾道細痕。

自己現在只想專注在正式表演上。

至少現在這一刻，他不想去想其他事。

「橘先生，請問……」

佳澄握緊了手機，詢問可不可以拍張照。橘隨即答應，伸出右手。他接過那支偏大的智慧型手機，保護殼是少見的卡通圖案，保護殼背面的插圖非常吸睛。

橘正要將鏡頭對準佳澄，梶山突然站起來。

「傻蛋。」

「咦？」

「我說我拍照比你強啦，我可是做過公司內部刊物的攝影工作。哎呀，總之你站過去。」

橘還搞不懂自己為何挨罵，梶山已經搶去手機。「再靠右一點。」橘聽從梶山指示，和佳澄並肩站在一起。

淺葉再次來到休息室，已經是開演前一刻。

「自己登臺的時間之外，可以在觀眾席欣賞別人的表演，也可以在休息室練習。任憑各位自由選擇。我基本上都待在側臺。」

他對全體表演者宣布完事項，便一邊伸展手指，一邊接近橘一行人所在的區域。休息室內的氣氛已經比早上輕鬆許多，在座學生經過短暫休息，神情比較和緩。

淺葉抱怨著肚子餓，花岡關心地問：「你沒吃飯？」

「我的托特包裡應該還有點心。哎唷，你不好好吃飯，體力撐不到最後呀。」

「呃，我趁彩排確認比較要留意的部分，一不小心錯過午餐時間……」

「你今年接太多人的鋼琴伴奏了，麻煩其他老師不就好了？」

「反正有樂譜，應該還過得去……」淺葉下意識說出心聲。橘抬頭看向淺葉，疲憊的面孔正好面向了橘。

「您還好嗎？」

「啊，說是確認，也只是我的自我滿足罷了，都是很細碎的細節。你放心，正式上場的時候鋼琴聲絕對不會停。」

「我不是關心伴奏……」

怎麼能讓工作害老師沒時間用餐。橘一臉嚴肅地關心，淺葉一時失笑：「你怎麼會現在關心這個。」

「橘，你今天這套該不會是高級訂製服吧？」

「可惜，這只是租來的西裝。」

「有你這麼帥的間諜，哪個國家都逃不過你的魔手。」淺葉讚道。橘見他還有心情開玩笑，也不禁笑出聲，一解緊張情緒。

「鋼琴就按照彩排時的步調，可以嗎？」

「要麻煩老師稍微再慢一點點。」

「收到。」

語畢，淺葉便去翻找托特包。花岡正在調弦，要淺葉想吃什麼隨便拿。梶山在一旁清潔大提琴的琴身。蒲生正在琴弓上塗松香，琢郎不停練習艾爾加（註8）的曲子。佳澄神情緊繃地翻看巴哈的樂譜。

換作平時，橘的週末午後只能虛度時間，現在卻多了點踏實，漸漸轉化成特別的時光。

橘也執起琴弓，進行最後的練習。開頭四小節要紮實演奏，運弓要輕，餘響要飽滿、延伸。

他想努力表演。

哪怕自己不被允許停留在這個地方。

橘收到出場通知，在休息室的鏡前調整領帶。接著，他提起大提琴與琴弓，來到走廊上，自己的腳步聲莫名響亮。

每踏出一步，就彷彿有什麼漸漸脫落。

註8　艾爾加（Sir Edward William Elgar）：一八五七年生的英國著名作曲家，代表作為《謎語變奏曲》與《威風凜凜進行曲》。

要注意容易僵起肩膀的部分，指腹要完全橫放。還有音程容易不穩的一節，或是老是拖太長的段落。

需要謹記的提醒，一個個剝落。至今一再熟讀樂譜，在哪一處要注意什麼，現在這一刻，所有雜念不知去向。

腦中一片空白。

其他人登臺前，也像自己一樣？

橘感覺在這一刻，自己惶惶等待登臺的期間，才能純粹做一個來音樂教室一年的學生。

「你來啦，備受期待的新星。」

漆黑的樓梯盡頭，淺葉竊笑著調侃。「聽得見我的聲音嗎？」橘默默點了頭。

狹窄的側臺角落，只有音控器材亮著微光。來到隔開舞臺與後臺的大門前，緊張也達到最高點。

「總之先深呼吸，放鬆。把小事都忘光。」

前一個節目是小提琴班的成果發表。著名古典音樂的旋律，鑽入腦內。萬一自己忘譜了怎麼辦？腦中閃過新的擔憂，橘大口吐氣。

開頭四小節要紮實演奏，運弓要輕，餘響要飽滿、延伸。

「上臺後，享受你奏出聲音的每一個瞬間。」

淺葉悄聲耳語道：「表演只需要注重這一點。」每一位學生的演奏時間不長，再過一會兒，這首曲子就要結束了。

「樂器演奏的聲音，只會短暫震盪地面的空氣，轉眼就消失。音樂，正是由每一個短暫瞬間組成。」

前一個學生的演奏結束，厚重大門的另一側傳來掌聲。橘按著胸口，做好準備。

「橘。」淺葉喊了他：「你今天有拜託別人幫忙錄音嗎？」

清澈雙眸中帶著嚴肅，已不見任何一絲調皮。

難得見到老師不苟言笑的陌生表情，再加上無預期的發言，橘登時全身涼了半截。

「也不是錄音，該說錄影？拍下自己演奏的模樣，有助以後的學習。我完全忘記提醒你。」

「……我沒請人錄音。」

「花岡大姊他們應該已經待在觀眾席，但願有人幫忙拍。」

眩目閃光圍繞全身，眼睛一陣刺痛。通往舞臺的大門敞開，無數事物彼此交織，一切漸漸變得不太真實。

三笠音樂教室每次舉辦發表會，都會支付表演樂曲的著作權使用報酬。學生也會從正式管道購買練習用的樂譜。

所以只有今天，橘沒有蒐證。

「淺葉老師。」

「嗯?」

「我其實一開始，不太想重新再碰大提琴。」

因為我學琴時沒有什麼好回憶，橘囈語似地說。淺葉聞言，微微瞪大了眼。小提琴班的學生從另一頭走來，看起來像慢動作畫面。

一踏入舞臺，燈光一點一點灼燒自己，彷彿麻痺了什麼。橘緩緩環視廳內，彷彿在尋找世界的盡頭。

從現在開始，表演廳將化作那片深海寂景。

「十三號，大提琴個人班，橘樹先生。鋼琴伴奏，淺葉櫻太郎老師。曲目是由小野瀨晃作曲的，《戰慄的皺鰓鯊》。」

橘行了禮，坐上椅子，將大提琴抱進胸前，忽然感覺至今為止的濃厚時光，即將化開、渲染。

他定睛看向表演廳最深處，輕吐一口氣。

橘回過頭，示意淺葉開始，不久後，鋼琴奏響。旋律化作黑暗，逐漸吞噬一顆顆光粒，引出大提琴渾厚的低音。

演奏大提琴的時候，各種景色總是流轉過腦海。各種事物支離破碎，浮現、又隨即消逝。

橘追隨那令人戰慄的弦音，逐漸墮入自身的深淵。不見潛水艇，不見醜陋的魚，深不見底的海洋。

那是由昏暗想像編織而成，不存在於任何角落的遙遠之地。

那景象四散、分解，那條巷弄中的恐懼瞬時閃現。就在此時，某人的話語宛如電影字幕，在漆黑中悄然亮起。

自己的琴聲，要能傳到稍遠的小窗後。

距離演奏結束，彷彿只有短短一剎那。

橘拉奏的聲音響起，又隨即消逝，並未在演奏後的舞臺留下任何痕跡。曾幾何時，那龐大恐懼的片段，構成了無盡的惡夢，如今卻悠悠融化於音樂，隨著餘響逝去。

如同海水逆流河川，橘的深海流向小窗的另一頭。

橘朝觀眾席行了一禮，回頭望向淺葉。穿著燕尾服的男人揚起雙頰，臺上的氛圍忽然變輕鬆了。

這裡是三笠音樂教室的發表會舞臺。

表演者、伴奏者、聽眾，全都如同一家人，在這裡，沒有敵人。橘的表演之後，是講師帶來的表演，淺葉要演奏布拉姆斯。

中場休息，學生們穿著表演服，漸漸填滿觀眾席，表演廳內的氣氛頓時變得華美。謝師派對的老成員坐在一起，橘就坐在佳澄身旁。也許是節目進行得比預期還快，現在時間比表定還早。

「真期待老師的表演。」

佳澄向橘搭話，但橘的意識還在遙遠彼端。

從觀眾席看去，舞臺很遠，他已經想不起自己剛才上臺時的感覺，也早早失去持弓的觸感。

「老師要演奏什麼曲子？」

「節目表上寫著布拉姆斯的歌曲呢，《五首歌曲第一號》。」

橘側眼瞥過女孩雙眸的光彩，暗自希冀著，千萬別開始演奏。

音樂一旦奏起，必定迎來終結。

「大家都表演得很出色。雖然我在課堂上一聽再聽，但大家今天的表現，的確是最好的一次。」

發表會落幕後，眾人回到休息室，淺葉捧著花束，召集大提琴班的學生。也許是因為他從早忙到晚，一撮瀏海垂了下來。

「老師的布拉姆斯也很棒！」

「謝了，我今年接太多任務，本來以為表演會搞砸，幸好平安完成演出。」

淺葉害臊地笑說。中提琴班的學生早早就地解散，接連經過他身旁，離開休息室。眾人放鬆的語氣喚回日常景象。彷彿有什麼破開了似的，休息室漸漸褪色。這一天如同有人施了魔法，既匆忙又美麗。

從明天起，所有人又會遵循日常，回到平時的生活。

「早知道應該找人幫你錄影。」

橘剛走到門前，聽見淺葉喊他，驀地抬起頭。淺葉說：「剛才的表演很精采，真是太可惜了，沒留下影片。」

「我緊張過頭……完全不記得表演怎麼了。」

「橘這次拉得比目前任何一次都棒。我看得出來，你已經在心中為樂曲創造了明確的想像。」

連我都感受到那無依無靠的寂寥景色。橘聽淺葉說完，才終於感覺到自己做了一場好表演。

遙遠的小窗外，確實存在自己以外的他人。

「你又參考了哪幅畫當靈感來源？」

「這次跟畫沒有關係。」

因為這是他自己親眼見過的景象。淺葉聽了，笑問：「什麼意思啊？」

「難不成你其實有考潛水執照？」

「我沒有考執照，但有差不多的經驗。」

淺葉羨慕地喊著想潛水。橘這才終於放鬆肩頭，展露笑容。

活在海面下數千公尺，謹慎藏有利牙的皺鰓鯊。

醜惡的間諜，游於孤獨中。

「還有，你之前在側臺提到的那件事。」

幸好你又開始學大提琴，對吧？淺葉問道，橘答了是，點點頭。

橘心想，真希望今天別結束。他不想等到下週，不想繼續在課程之前按下錄音鍵。

第二樂章

1

物換星移，橘樹開始去三笠音樂教室上課之後，第二次的春季來臨了。臥底調查展開後，經過近兩年光陰，橘投注在大提琴的時間，累積成龐大的數字。

週五晚間上課，其餘閒暇時間獨自出門，自主練習。

他某一天偶然發覺，平凡無奇的日子便是如此日積月累，形成了「人生」。

淺葉的學生聚會在那之後也持續舉辦，成員依舊不變。學生接連升學年，佳澄升上大學四年級，琢郎念完研究所碩士班。橘的歲數也來到二字頭後半段，開始從的新員工身上感受世代隔閡。

自從橘開始融入謝師派對，他刻意避免去認知自己原本的單位。他甚至特地瀏覽地區新聞，只為了催眠自己，「自己正在目黑區公所上班」。小小的謊言積沙成塔，他漸漸不知道哪邊才是真正的自己。

誰也不知道，橘正是全著聯送來的間諜。

「我抽到小野瀨秋季音樂會的門票了！」

在餐廳的喧鬧中，佳澄興奮地放大音量，「我已經三年沒搶到票了，好開心喔。」週六夜晚的「薇瓦奇」依舊生意興隆。也許是到了迎新會的季節，團體客人比平時常見。謝師派對的餐桌在餐廳內側，從橘的座位可以清楚環視整間店。

羅勒的翠綠，將披薩裝飾得鮮豔可口，圓形輪刀徐徐切過披薩，分成等分。

「妳真行！聽說小野瀨的音樂會搶票搶得很凶。」

「妳加入他的粉絲俱樂部啦？」花岡高聲問，佳澄的笑容更加燦爛。兩人的歲數差距等於是祖母與孫女，卻情同好友，佳澄也經常自己光顧「薇瓦奇」。

「是家母有會員，透過俱樂部的先發售票才抽中門票。我自己申請的普通預售票全軍覆沒。去年、前年都沒抽中，我這次也嚇了一跳。」

「哎呀，那不錯呀。可以去欣賞活生生的小野瀨晃，真好。」花岡說。

「真有這麼厲害？」蒲生白淨的臉頰一笑。梶山拿著披薩輪刀滾過披薩，露出大顆牙齒，笑道：「那等於一票難求的貴賓門票啊。」

「小野瀨晃也會辦音樂會啊。」

橘淡淡說了一句，加入話題，佳澄隨即面向他。

「之後也會進行一般售票唷！」

「一般售票？」

「若要等一般售票的時候搶票，一定要事先準備，還要看網路頻寬夠不夠強大！」佳澄激動地湊上前。看她比平時更積極，橘有些吃驚。

對橘而言，小野瀨晃只存在於耳機，很難想像他會舉辦音樂會。他的音樂彷彿只有事先錄好的音訊，單就這點，這位音樂家和巴哈、布拉姆斯同等級，形同歷史偉人。

橘通勤期間會聽的幾位作曲家中，只剩小野瀨還在世。

「抱歉，我其實不太懂先發和一般售票差在哪裡。」

「先發售票是抽選制，一般售票是看購入順序。一般售票和粉絲俱樂部先發預售票不同，每個人都可以從各個售票網站申請購票。運氣好的話也許搶得到！我有朋友也是等一般售票，搶到偶像的現場演唱會……」

佳澄語速之快，可見她有多喜愛小野瀨晃。感覺她再繼續逼近，會直接握起橘的手。「我運氣不太好，應該是搶不到。」橘說得消極，佳澄的表情卻依舊認真。

橘當然也想聽聽看小野瀨晃的音樂會，但從眾人的說法來看，門票應該不好買。

「細項我之後可以發網址給您，要不要？」

「咦？好。」

那我先來發訊息，佳澄隨即說道。橘不禁佩服她的精明。佳澄乍看之下乖巧順從，實際上卻很能幹，謝師派對的日期也都是佳澄幫忙協調。橘知道她只是學生，卻覺得她很優秀。

「不知道櫻太郎老師會不會也去搶小野瀨的音樂會門票？」

花岡小心拿起披薩，莫札瑞拉起司牽起一條絲線。琢郎從另一盤披薩拿了一塊，說道：「學音樂的人裡頭，也太多小野瀨晃的粉絲了。」

眾人乾杯後過了一陣子，淺葉不在場的狀況還很突兀。

「今晚算是史上第一次『淺葉老師缺席的謝師派對』啊。」

蒲生開玩笑道，花岡則是張口大笑：「終於變成謝不到師的聚會啦。」甜菜沙拉色彩繽紛，讓人耳目一新。佳澄把沙拉裝進小盤子，跟著笑說：「老師第一次缺席了呢。」

幾天前，淺葉告知要缺席這次酒會。

「那個『大師班』，實際上到底在學什麼？」

也許連淺葉老師都會被老師訓得滿頭包？梶山問道，花岡疑惑地側了側頭，頸鍊上的光澤跟著一晃。「我也不知道大師班是什麼樣子呢。」

所謂的「大師班」是一種公開課程，能夠直接接受第一線演奏家的指導。大師班和一般課程期程不同，多半是一定時間內的短期課程，比較接近教學講座。淺葉這次參加了針對職業大提琴演奏家的特別課程，要連三天上課。

橘昨晚的課程也因此延期。

「我很好奇，大師班會怎麼指導像老師這級別的人？我是不知道那位第一線的大提琴家有多厲害，但老師的等級遠遠高我們一大截耶。」

梶山故意語帶滑稽地說。蒲生隨即遞出手機，說明該老師的地位，似乎很了不起。橘也探頭看了手機螢幕，一名大師風範的西方人抱著大提琴，在螢幕中微笑。這照片很像古典音樂ＣＤ的封面圖。

這位就是老師今晚的老師。這句話聽起來莫名饒舌。

「他是柯蒂斯音樂學院史上最年輕的入學生，又是天才。十歲便開始在全美各地舉辦獨奏會，現在是世界頂尖的大提琴家之一。」

「這資歷看起來好像漫畫人物。」

橘不由得嘀咕，蒲生也和藹地笑著同意。梶山不知道這傢伙的人生觀長什麼樣，語帶羨慕。花岡捧起水晶瓶倒滿紅酒：「放眼看看整個世界，厲害的人到處都是呢。」

「淺葉老師還真有辦法滑壘擠進那位大提琴家的大師班。主辦單位是大提琴協會。也許是去拜託老師的老師也說不定？」

啊，我剛才的意思是淺葉老師的師父喔。蒲生調皮地補充，橘不禁感覺有些奇妙。

淺葉當然也有自己的大提琴老師。

「淺葉老師之前曾經參加過這類職業級課程？」

橘問道，花岡輕笑了聲，表示不知道。橘用自己的手機查看大師班的網頁，上頭記載了課程內容與參加方式。課題用曲目為海頓的大提琴協奏曲，以及波佩爾（註9）的練習曲。倘若課程按照行程表進行，淺葉現在應該正在挑戰海頓。

註9　波佩爾（David Popper）：一八四三年生的捷克作曲家、大提琴家，由於作品講求技巧，難度極高，又稱「大提琴之王」。

站在表演第一線的大提琴家，實力和淺葉究竟有多大差距？

「抱歉，打擾您談話。」花岡聽見服務生呼喚，回過頭。「裝潢公司來電。」橘聽見服務生這句話，不禁抬起頭。

「能不能幫我告訴他，請他明天重打？還有，說我們已經收到壁紙樣品冊了。」

「裝潢？是指這間店要裝潢？」

花岡聽見梶山問起，點了點頭。這間餐廳的印象並不老舊，但對方提到裝潢二字，突然也感覺到處處出現裝潢劣化。

橘在近兩年的時間裡，和大夥一起來了這間餐廳好幾次，充滿回憶。

「維持原樣不好嗎？我已經看習慣了，改裝潢總覺得有點失落。」

「我也不是要徹頭徹尾翻新裝潢。不過，我未來會讓兒子夫妻接手餐廳，總要整修一下。而且反正都要裝潢了，我也想設一個小空間，可以讓樂團現場演奏。」

橘聽到「現場演奏」，頓時凝視「薇瓦奇」的老闆。

「您是說……現場演奏？」

「還在討論，就只是有這個想法。我和外子都喜歡音樂，這一帶也不少人在學樂器。我和附近的人聊到裝潢的事，忽然想到來提供演奏場地。有現場演奏感覺也挺開心的。」

而且只要店裡準備好表演環境，在場的成員也許能組成大提琴合奏團。花岡說完，臉上洋溢笑容，餐桌的氣氛也一口氣熱烈起來。

「合奏團！我一定會參加！」

佳澄的手舉到肩膀高，接著環視在場成員的臉，詢問他們的意願。梶山開懷笑道：「合奏團，感覺不錯。」

「我們也在發表會演出過幾次，是時候可以自己辦些演出了。店裡要夏天才開始裝潢，就等裝潢結束再辦活動。還有半年，我們可以做些表演準備。各位秋季有什麼預定行程嗎？」花岡問道。

「我可以配合行程調整。」蒲生開心地舉手說。琢郎才開始唸博士班課程，他說：「我應該要看論文進度啦。」

「梶山先生呢？會衝到公司旺季？」

「應該沒問題，不過有些日子會沒辦法配合練習。」

「小樹也可以加入？」

他們演奏被全著聯管理樂曲的可能性，也許很高？思考拉走橘的注意力，忽然被喊到名字，他才赫然回神。

「……我也沒問題。」

「只有琢郎暫時保留呀。那你行程訂好再通知我。」

等到合奏團能夠演出，橘的臥底調查期間早就結束了。他之所以不小心隨口答應，是因為眾人理所當然地將他列進團員，實在令他開心。

「那我們就等到四月下旬的黃金週假期，再來開會討論吧。佳澄接下來也要忙了，對不對？至少要提前決定好曲子。」

說起來，妳要開始找工作了。梶山感慨萬千地眯起眼。佳澄困擾地垂下眉角，微笑說：「等到秋天，結果應該都出爐了。」

佳澄升上大學四年級之後，接著就是幼兒園的教職員甄試。

「我只希望能考上某間私立幼兒園就好。我也打算去考公立幼兒園，但錄取機率低得可怕。」

「公立幼兒園的職缺這麼競爭。」

「東京都內地競爭特別激烈呢。」佳澄聽見橘的嘀咕，答道。橘去年經常在三笠的休息室，聽佳澄分享幼兒園實習的故事。

「錄取率只有百分之五。我等於去考個經驗當紀念，但我想挑戰一下。橘先生以前考公務員的時候也很辛苦？」

東京都算特別區，競爭應該也很激烈？對方忽然問起，橘頓時冷汗直流。他為了偽裝身分，早就調查過假身分的工作內容，但完全不熟公務員考試的具體細節。

「我很不擅長數學推理測驗。」

「我也不太會算。」橘說。

「數學果然只能多算、多練？」

「我印象中以前的確是靠這招。」橘一邊含糊帶過答案，一邊思考如何應對。

「開始工作之後，考試內容之類的全都會忘光，您說是不是？」他問向真正的東京都政府人員，蒲生瞇起溫柔敦厚的眼角，刻出深紋：「我去考試已經是很久以前的事，當然忘記了。」

隨便說一些像樣的建議就夠了。橘隔了一次呼吸，回答：

「我認為不論題型，只要反覆寫題庫，就能漸漸明白如何解題。那類題目多半沒什麼新意，也不需要考生寫出特別的亮點。總之就是反覆做，記住解題的模式。」

橘只是隨口講一些話蒙混過關，佳澄卻認真地點了點頭。她睜大烏黑雙眸，彷彿得到了重大的提點。

「順便問，公立幼兒園的考試是什麼時候？」花岡問道。

「筆試是六月後半月，假如筆試通過，後面還有術科和面試。考完之後還要接著應徵私立幼兒園，總之就是抽不出空。」

所以如果可以，合奏團的表演日可能要安排在十月以後。花岡聽完佳澄解釋，和善地笑說：「那就配合妳的時間了。」

橘是在前年六月，開始進入三笠臥底。印象中，第一堂體驗課的那一天下了雨。

「大師班是不是要上到晚上十點？上真久啊。」

花岡望向上方的時鐘，說：「他會不會上課上到肌肉痠痛痛死？」梶山隨即吐槽花岡，認為老師又不像他們這些學生，這麼弱。橘凝視著眾人聊天的景象。他看了快兩年，已經徹底習慣他們的悠閒，也因此，他實在難以想像。

再過不久，自己就得告別這群人，也必須歸還大提琴。

「每年年末，我們餐廳會碰上尾牙旺季，忙得不可開交。合奏團安排在十月的話，沒多久就要開始練習年度發表會，不然我會來不及表演呢。我乾脆買一套新禮服，激勵一下自己。」

「花岡姊，才剛到新年度，妳也太猴急。」

梶山拿起啤酒杯，「我根本不想想起安排好的工作內容啊。」一轉眼，草莓義式冰淇淋已經端到眼前，今晚的聚會即將落幕。

謝師派對的成員堅信，季節將會流轉不止，春去夏來，夏走秋至。然而橘腦中的日曆只寫到六月臥底結束，無力繼續翻頁。

淺葉曾說，想像力會賦予音樂靈魂。

那麼，自己也許很欠缺想像力。畢竟自己甚至無法想像再往後一些的未來景象。

「方才我已經去電作詞家海部先生，但他正好不在，之後應該會回電。新資料正按照行程進行建檔。以上，是我的部分。」

「接著，橘。」橘已經聽見有人點名，卻慢了半拍才反應過來。湊像是看準那半拍，低聲譏道：「你都沒在聽啊。」負責主持會議的女同事名叫磯貝，她笑著糾正湊：「你說過頭囉。」橘的部門長年只有男性成員，就在半年前，這名資深女同事休完產假，調到這個部門以後，部門的氛圍漸漸改變。

橘已經徹底熟悉資料部的工作，每一天的工作內容也激不起任何感受。

「我這裡也正在進行新資料建檔。已確認約有四份申請書漏登。從上週開始，國外團體的諮詢數增加，導致建檔進度落後，但預計能趕上月底的資料庫更新。」

「有哪些國家？」

「韓國和英國。」

橘回答了湊的問題，但他沒有繼續追問。外國樂曲的權利人通常是複數，確認的確比較花時間。

上午的會議室內有些陰暗。目前只有幾個人使用會議室，顯得太寬廣，內側有一半空間關著燈省電。這幅冷清的畫面，有點類似自己獨自凝望的那間卡拉ＯＫ派對包廂。

臥底調查結束後，自己大概不會再去附近的卡拉ＯＫ。不只是那間卡拉ＯＫ，他到時也不會再去「薇瓦奇」餐廳、二子玉川車站，當然更不會踏進三笠的休息區。

「那麼，本週也要全體同仁一起努力完成工作。天氣感覺好怪，沒下雨，外頭卻陰陰的。」

磯貝望向窗外天空。湊一臉嫌惡地說：「總覺得看了頭都要痛起來了。」磯貝跟著聊起天氣，說自己也很受不了氣壓變化。橘側眼看同事莫名聊得起勁，腦中思考歸還大提琴之後的生活。

假設房間忽然變得空曠，自己當真受得了？

午休時間，橘忽然想起佳澄的提議，重看了訊息。佳澄昨晚傳給他的網址，他還沒好好讀過內容。

橘重新點進售票網站的頁面，公演詳情出現在眼前。

「The Play」小野瀨晃音樂會。

今年春天，在東京之前會先舉行地區公演，想當然耳，該場公演門票已經售罄。由T響負責管弦樂演奏。說到T響，就是淺葉以前和人起爭執，憤而離開的樂團。橘不是淺葉本人，又是過去的事，橘卻為淺葉惋惜。淺葉實在錯過了難得的機會。

東京公演在九月中旬，總計兩天，對橘而言，形同遙不可及的未來。

等到公演當下，證人訊問早就告一段落。看來橘離開三笠，和眾人道別，站上證人臺之後，日常生活仍會持續不斷。

一般售票開賣日是星期六，早點起床應該有機會搶票。公演上一定會演出小野瀨的代表作《雨日迷宮》，《皺鰓鯊》的忠實粉絲很多，也許聽得到現場演奏。

橘幾乎沒把握搶到票，他仍然想試著搶看看。

假如在一切落幕之後，保有一項值得自己能期待的事物，自己或許有辦法撐下去。

「你要去小野瀨的音樂會？」

橘拿起螢光筆，在桌曆上做記號時，手機就放在辦公桌上。小野瀨舉起指揮棒的放大畫面，與按鈕上的「門票種類」字樣，正亮在螢幕上。

橘聽見鏗鏘有力的嗓音，抬頭一看大驚。總務部的三船就在面前。

「我之後是要搶票……」

「小野瀨客群很廣，要搶票應該很辛苦。從長年追星的熱情粉絲，到能去現場就去的路人都大有人在。」

三船問橘是哪一類人，他回答自己算後者。全著聯的第一美女咧嘴一笑，微露美齒。

「妳來三樓有事？」

「有人回報那邊的事務機有問題，我正要叫修。」

橘馬上就感覺到湊的目光，正覺得麻煩，三船隨即結束對話。「祝你能順利參加音樂會。」她說完，瀟灑轉身離去。橘已經很久沒有和三船說話。還記得她以前有一陣子常常追著自己跑，最近不知道是不是她膩了，很少遇見她。

註冊完售票網站的會員，寶貴的午休時間也結束了。午後工作時感覺身體很沉重，做什麼都沒幹勁。

橘的腦中，一直迴盪著巴哈的《無伴奏大提琴組曲》。

睽違兩週，淺葉前所未見的消沉。

「抱歉，上星期突然缺席。這次是講師請假，所以可以補課。橘什麼時候有空就告訴我，平日、週末假日都可以。」

他語氣平靜，態度卻有些冷漠。橘不禁反省，自己是不是做了什麼惹淺葉不開心，但毫無頭緒。淺葉平時總是開朗活潑，現在突然沒了笑容，感覺有點詭異。

也許對方只是沒來由的心情差，橘不敢確定。

「大師班的課如何？」

聽說來了一位很高超的講師？橘主動提話題，淺葉卻只隨口應了一聲，就沒下文。忽然間，不明所以的責任感逼著橘努力找話題。他本就不擅長創造氣氛，越努力反而越不停空轉。

「酒會上大家都很在意，不知道那位老師怎麼上課。我記得是上特定曲目？」

「上課是拉海頓和波佩爾。」

「這樣啊。」

「我不太擅長海頓的曲子，算是正合我意。」

「原來如此。」橘把大衣掛上衣架，期間的短暫沉默實在令他尷尬。他拿起大提琴之前的時間，久得彷彿毫無盡頭。橘開始來三笠上課之後，第一次碰到這麼沉悶的狀況。

淺葉態度古怪，指導卻依然精準。

「你這一段顫音過頭了，聽起來太沉重。C弦比較粗，但不需要在下方按太緊，輕輕揉動。」

淺葉示範同一段，指法仍舊精采，眼神卻莫名空洞。橘按照淺葉指示重拉一遍，試著模仿對方手指的動作，不知為何，連自己都有點坐立不安。

他們從去年開始使用的大提琴譜，標題是《小野瀨晃名曲集》，裡頭收錄小野瀨所有著名的樂曲。橘練習《雨日迷宮》好一陣子，淺葉也花時間仔細地教導細節，橘感覺自己已經拉這首曲子拉得很熟練。

課堂上，淺葉難得顯得心焦氣躁，雙手不停環抱在胸前。

「這一首你已經練得差不多了，腦中的畫面要再明確一點。你覺得這首曲子要呈現什麼樣的情景？是傾盆大雨，還是點點雨珠？你演奏的方式會按照情景改變。一場好的演奏，是可以將具體的想像複製給聽眾。不能模模糊糊地拉，要強化自己腦中對於曲子的印象。」

橘覺得淺葉的要求仍舊困難，但可以接受剛才的糾正。自己聽了這首曲子無數次，從未想像過雨勢強弱。

「記住剛才的前提，再聽一次。」橘聽從指示，從頭細細聽完淺葉的《雨日迷宮》。聽著聽著，隱約明白淺葉呈現的雨天景象。

那是清晨的太陽雨，大滴、小滴落下，發出點點的悅耳聲響。

下課時，橘試著問淺葉有沒有抽到小野瀨的音樂會門票，淺葉淡淡答了一句：

「沒，全掛了。」淺葉心情低落歸低落，連帽上衣胸前的圖案倒是很誇張，寫著大大的「MARVEL」字樣。

「聽說佳澄用俱樂部的先發預售資格抽到票了。」

「喔？運氣真好。」

「原來小野瀨還會辦音樂會，我一直以為他不太出現在幕前，很吃驚。聽說之後要開放一般售票，我也想挑戰看看，不知道搶不搶得到。」

「一般售票一秒就賣完了，光想就沒機會。」

「對了，您知道我們要組合奏團了？不知道花岡太太有沒有告訴您。」

橘耐不住話題之間的沉默，拚命接話。以往都是淺葉自然而然帶起話題。事到如今橘才深深體會到，自己之所以不擅長與人交際，就是因為不懂如何主導話題。

「喔，她有說餐廳改裝之後要辦表演什麼的……」

「合奏團預定辦在十月，老師有空來聽表演？」

「看狀況吧。」淺葉不悅地望了望時鐘，橘趕緊套上西裝外套。君子不立危牆之下，他今天還是早早回家地好。

「那麼，謝謝您今天的指導。再見。」

「啊，你要什麼時候補課？」

淺葉喊了橘，語氣沒有半點抑揚頓挫。橘已經打開一半琴房房門，直接回過頭。

「下週的星期三如何？」他隨口說了個日期，淺葉翻了翻單線簿，說：「晚一點也可以的話，我那天有空。」

「八點開始上課，會不會太晚？」

「不會，只要不提早，幾點結束我都可以配合。」

「是說，橘，你幾歲啊？」

淺葉突然轉了個話題，橘覺得自己的老師今天果真古怪。這個男人沒了開朗的情緒，簡直判若兩人。

「……我今年二十七歲。」

「好小。」

「我跟您年紀應該差不多。」

老師您大我兩歲而已，橘笑著說。那就下星期三見了，淺葉說完，靜靜關上房門。

自己一開始就知道有此結局，卻隱隱懷抱奢望。作著不切實際的美夢，以為也許有辦法改變結果。

當鹽坪提到證人訊問的日期，一股難以形容的強烈羞恥，一口氣竄上橘的背脊。

「日期將會訂在七月。總之你先整理報告書，我們還得和律師討論你的證詞內容。我希望你整理一下用字，假裝成實地調查委員會提出的報告。依照當初計畫，你就在六月退掉三笠的會員。」

「瞭解。」鹽坪聽了橘的回答，高高勾起嘴角，難得一副清爽的神情。橘本來還不解他的反應，但仔細一想就知道，他的態度理所當然。

自己耗費近兩年的光陰，順利完成了工作。

「我希望你另外把非法使用樂曲列出一覽表，這會成為關鍵證據。」

地下資料庫的角落，位於灰色的鋼製書架之間，只有牆壁格外白淨。毫無季節風情的景象。陽光進不了地下，彷彿整個空間的時間早已靜止。

「如我們所想，三笠的確非法使用聯盟管理的樂曲，但你親眼目睹這件事發生，這才重要。你是全著聯的員工，花了整整兩年，在三笠音樂教室上了課，這可是鐵錚錚的事實。」

大提琴琴藝變好了？橘聽見鹽坪開玩笑似的問題，一股火氣差點衝上腦。鹽坪的細眼瞇得更細，笑說：「很好，看你學得挺快樂的。」

「你何不繼續學下去，當作嗜好？當然，只能去三笠以外的教室學就是了。」

「……您說得是。」

自己才不只把大提琴當嗜好！橘想對鹽坪大吼，然而他一表露情緒，卻只有客套笑容。

「橘，你立大功了。雖然這不是特別困難的工作，但看你每週到三笠報到，假裝滿懷熱情，甚至參加發表會，應該很辛苦？」
主管把自己所有的表現說成逢場作戲，橘聽著，心情越來越糟糕。
自己至今專注於大提琴的時光瞬間變質，一切彷彿背地裡存有目的。橘下意識搓了搓左手的指尖。
指腹無數次按壓堅硬的琴弦，多了些厚度。
手指足以長繭的所有努力，只為了上法院作證。
「資料庫更新日近在眼前，你可以等連假結束之後再繳交報告書。畢竟資料部的工作也很重要。還剩下幾次課程，有勞你了。」

週一，各方人士開始傳來大量洽詢信件，拖延到新資料的建檔工作。橘也因此抽不出空處理調查報告，逃避近在眼前的難耐現實。
「你今天過來之前，去哪裡打發時間啊？應該等很久了吧。」
橘把公事包靠在琴房牆邊，答說自己加了班才過來。淺葉一如往常地笑道：
「辛苦啦，加班加這麼晚。」看他笑得若無其事，彷彿大病初癒，心情好得不得了。橘不禁懷疑，上週課堂上的淺葉，該不會只是自己產生幻覺。
他本來打算在補課的這一天告訴淺葉，自己不會再來上課了。
「你是忙著處理賞花季過後的剩餘活動？我記得區立公園好像辦了什麼。」
「和活動沒關係，純粹是各種工作的期限近在眼前。」

橘觀察淺葉的臉色，盤算著如何開口。區公所單位不需要定期調動。橘是單身，也不存在家庭因素。

說自己對大提琴失去興趣，大概騙不了他。

「橘，你夏季到秋季有什麼特別的事要做嗎？」

對方的疑問突然直中核心，橘的心臟漏了一拍。橘下意識重複對方的問題：

「您說夏季到秋季？」

他並未察覺，眼前男人坐在椅子上，環抱胸前的雙手比以往緊繃。

「我個人沒有什麼特別行程，就是普通的上下班。」

「我說不定那陣子會請長假。」

還不確定，淺葉低聲說。橘下意識反問他是不是要出遠門。因為他腦中閃過一個念頭，淺葉也許要回匈牙利。

他以為淺葉要重遊過往的留學地點。

「沒有，我只是想稍微花時間認真練琴。」

「練琴？」

淺葉神情靦腆，口中的志向卻十分高遠。

「我打算參加大賽。今年可能是我最後的機會了。」

他目光銳利，像是不允許任何人阻擾。橘見狀，不禁想起從前的某一天，他在三笠網頁讀到的那篇講師簡介。

淺葉櫻太郎，畢業於匈牙利國立李斯特音樂學院。

「我還沒有和教室調整好行程，還需要保密。但我不想像之前一樣，突然給學生添麻煩，總之先提早告訴你。」

今天也許能把《雨日迷宮》收尾。淺葉隨即轉移話題，橘也錯失表達想法的時機。淺葉翻起樂譜，嘀咕著：「下一首曲子該教什麼好咧？」

他表現過度興奮，彷彿在逃避什麼。

「接下來就要迎接夏季了，乾脆來教《落難》好了。別看標題這麼誇張，曲子可是悠然美妙。也許想表現暴風雨前的寧靜？很有小野瀨風的風格。」

橘被淺葉牽著鼻子走，實在不敢說自己不會再來上課。但看這氣氛，他也不敢隨口為淺葉加油。

淺葉也許懷抱著和橘不同的焦躁，在他體內悶燒著。

2

全日本音樂大賽兼具權威與傳統，是日本國內頂尖的音樂大賽之一。過往無數得獎者從此開啟一條康莊大道，是年輕音樂家名副其實的登龍門，大賽也因此遠近馳名。

而大提琴項目的參賽年齡上限，是二十九歲。

「櫻太郎老師怎麼突然發憤圖強了？」
我還以為他對大賽沒興趣，花岡意外地嘀咕。蒲生在一旁笑道：「也許是大師班激發他的衝勁。」
好似初夏的豔陽灑落，黃金週連假第一天的二子玉川車站附近，處處都是出遊的家庭，好不熱鬧。最近兩、三天的氣溫一口氣升高，已經可以見到零零星星的人換上短袖，腳套涼鞋。橘注視眼前的人行道，暗想自己是不是也該穿涼鞋出門。
眾人在車站附近的咖啡廳戶外座位集合，展開合奏團會議。
「我們要實際一點。在場成員很難演奏太困難的曲子。我們只要選簡單的曲子，努力配合彼此，應該就夠了。」
至少我們不可能表演小野瀨晃的曲子。梶山說得肯定，但蒲生仍維持圓滑的笑容，堅持己見：「不選喜歡的曲子，我們的動力可維持不了太久。」梶山性格慎重，蒲生個性樂天，兩人的想法本就不一樣。
可能是因為由梶山主導會議，氣氛之嚴肅，媲美工作場合。很難想像他們只是在熟悉的餐廳裡，討論一場業餘音樂演奏會。
而他們這群人最大的優點，就是儘管彼此意見衝突，氣氛也不會變得太針鋒相對。
「哎呀，我們好不容易自己辦場表演，總會想挑戰一下發表會不能拉的曲子。所以才選小野瀨晃。」

「發表會不能拉，代表我們基本上就是拉不出來啊。」

「別這麼說，聽了就難過。大提琴是我們的興趣，就挑戰一下。」

「不不不，還是走簡單路線，簡單就好。」梶山小聲拍了拍手。他穿著粉紅色的高爾夫球衫，但從言行可窺見他平時在工作場合的作風。

「淺葉老師是我們的依靠，但連老師都忙翻天，我們應該正視自己的能力，腳踏實地演出。餐廳當天有其他客人，正式上場的時候拉得一塌糊塗，反而更讓人難過。」

佳澄在一旁滑手機，苦惱地低喃：「可是，我找了好幾首簡單的曲子，實在找不到好聽的。」她找了「大提琴」、「合奏團」，仍找不到合乎現有人數的樂譜。

橘聆聽眾人的討論，思考該何時道歉。

他除了課程，也必須主動拒絕這邊的表演，理由是「工作因素無法配合」。

「人數果然太多？但有些活動的人數應該更多，像是百人合奏大提琴之類的。」

「人數到『Quartet』的話，倒是找得到不少樂譜。」

「『Quartet』正是弦樂四重奏的英文，多半是指四種弦樂器合奏的表演型態。一般是由兩把小提琴、一把中提琴、一把大提琴組成，但改成四把大提琴，也頗有不同韻味。

「琢郎有沒有好點子？你之前不是待在大學的交響樂團，就你所知，有沒有我們六個人可以順利演奏的曲子？」

餐桌一角，被點到名的男子正在吸著果汁。琢郎聽梶山提到自己，笑著回答應該沒有。他的氣質有點類似小學生，對任何事都很遲鈍。外表又高又瘦，服裝總是俗俗的。橘和琢郎對彼此沒什麼興趣，不太聊天。

琢郎吸完果汁，傻笑著舉起手。

「看你們討論得差不多，我可以趁現在道歉嗎？」

「道歉什麼？」

「我秋天的行程比想像中還滿，應該沒辦法參加練習，所以我還是不表演了。」

他豎起細長手指、手掌，單手做出道歉的手勢。本人大概沒有惡意，但橘每次看到他，都覺得這傢伙實在很隨便。

「你都特地參加會議，點了香蕉果汁，現在說要退出！」

「反正我下午要去三笠上課，想說順便就來了。」

「那就得找五重奏的樂譜了。」橘聽見花岡的低語，心想只能趁此機會，怯生生地開口：

「那個，其實我的工作狀況也有點不太妙……」

橘含糊地帶過原因。所以你也沒辦法參加合奏團表演了？佳澄隨即大聲哀號，花岡則是輕捂了嘴。

「連小樹也沒空了？人數一口氣減少了呢。」

「不好意思，工作因素真的沒辦法配合。」

「那您表演當天會來嗎?」佳澄接著追問，橘有點不知從何回答。

他會以全著聯的證人身分出庭，但除了法庭上在場的人，自己的長相並不會曝光。當天扣除自己，頂多只有三笠方的證人，以及全著聯總會高層在場。旁聽席人人都可以入座，但花岡一行人到場的可能性極低。雖然網路上很關注這起案件，普通人其實不會這麼好奇企業之間的官司。

自己稍微去「薇瓦奇」露個臉，應該無妨。

「合奏會表演當天的話，我應該可以到場。」

「橘先生要退出，那也只能放棄小野瀨的曲子了。」蒲生沮喪地垂下肩膀，梶山無奈地吐槽：「你還在堅持要演奏小野瀨啊。」

狀況千迴百轉下，眾人選定帕海貝爾（註10）的《卡農》，作為合奏團的表演曲。這是弦樂四重奏的經典曲目。其中相同旋律交疊而成的和弦進行，被稱為「黃金和弦」，甚至今日的流行音樂也繼承了《卡農》獨特的和弦結構。

隨著眾人確定表演細項，橘想加入的欲望越發強烈。

每當他進入這群人的小圈圈，總是差點忘記自己的職責。

「順便問一下，當天還有其他表演?我們那首《卡農》頂多五分鐘就結束了。」

梶山問道。花岡雙手指尖合起，表示她打算問問身邊在學樂器的朋友。蒲生不

註10 帕海貝爾（Johann Pachelbel）：德國巴洛克時期作曲家、管風琴家，著名作品為《D大調卡農》。

假思索地笑道：「那也可以問問淺葉老師要不要一起來。」片刻過後，佳澄似乎很難以啟齒，低聲說：「老師的話，可能要先看音樂大賽的結果如何。」

全日本音樂大賽的決賽，在合奏團表演的預定日期之後。

「挑在決賽前，怕他行程太擠，這次就不請他來了。」

但我會找一天讓他還我白吃白喝的帳，花岡又開了個玩笑。琢郎這時卻潑了冷水：「呃，他能不能進決賽也是個問題耶。」

對方一句不經意的話，把橘的注意力拉向餐桌角落。

「什麼叫做『能不能進決賽也是個問題』啊？」花岡問道。

「那是全日本音樂大賽，正常來說本來就很難進決賽了。」

琢郎的語氣無所顧忌，現場氣氛登時僵住。眾人不成文的默契如同魔法，突然被消除了似的。

橘不曾懷疑淺葉的音樂實力，但他並不熟悉音樂界。

「淺葉老師能拿獎，當然是再好不過。但古典樂界很可怕的，那些音樂家都是拚了命在練習。淺葉老師的確有實力，但是他之前還有心力和我們喝酒、玩樂。我只是覺得，到了最頂尖的那個層級，競爭已經是不同級別的了。」

琢郎輕浮地咧嘴，露出小虎牙。他待過大學的交響樂團，耳聞過音樂領域的狀況。

淺葉為什麼突然參加音樂大賽？橘其實也沒問過原因。他擔心自己隨口問起，也許會嚴重打擊淺葉的自尊，遲遲不敢多問。

「都還沒比出結果，你別講得那麼悲觀。」梶山斥道。

「我又不是在批評老師，只是說認真比拚的世界很恐怖。」

我相信老師能贏。梶山支持淺葉，堅持道。佳澄可能想轉移話題，忽然提高音量說：「我找找看卡農的樂譜！」

蒲生展現天生的樂觀個性，緩和緊張的氣氛：「也輪不到我們在這邊爭執。」

「淺葉老師能拿獎當然好，不幸落選，就說聲『辛苦了』，好好安慰他。不需要說三道四，支持他便是。假如真有個萬一，合奏團當天就邀老師演奏一曲，而且要挑就挑他最擅長的小野瀨。」

「到時就需要申請使用樂曲了。」橘低聲提醒，花岡忽地轉過頭來。橘太常提到這句話，說得莫名流利。

他很自然就說出口，連自己都覺得詭異。

「申請？」

「要向全著聯申請使用樂曲……就是全日本音樂著作權聯盟。」

您沒聽過？橘小心翼翼地問，琢郎忽然噗哧一笑，說聯盟最近在網路上被罵慘了。他嘲弄的口吻讓橘聽得很生氣。

倒是花岡一副若無其事，彷彿置身事外。

「我聽過名字，但這麼小規模的活動，不需要申請吧？」

「我記得授權不分規模，只要是以營利為目的的演奏活動，就需要申請。合奏團表演當天，您會不會向個人收取飲品、餐點的費用？」橘說道。

「當然會收。」

「那就符合營利目的，需要申請。」

申請之後會怎麼樣？花岡問著，不太服氣。橘以前待在仙台分會時，在臥底現場聽過這句話好幾次。每個業者的反應都差不多。

他聽到花岡要設置現場演奏的場地時，早預料到會有這種狀況。

儘管自己臥底在先，心中有愧，但事情一碼歸一碼。

「我們不過是演奏一、兩首曲子，還得特地付錢給那個聯盟？萬一要花到上萬日幣，我老公恐怕不願意呀。」

「我記得規定是……會按照店鋪面積、客單價計算，不過像這次表演只會演出一次，頂多支付幾百圓。古典樂著作權已到期，不需要申請。反而是演奏流行音樂，一定要申請使用樂曲。嚴格來說，著作人死後還沒超過七十年的樂曲，都需要申請。」

例如小野瀨晃的樂曲，就屬於要申請的範圍。橘補充完，佳澄張著嘴，聽得一愣一愣：「橘先生好清楚這些。」橘趕緊解釋，自己大學專攻著作權領域，佳澄才小聲表示明白。

彷彿有一股不知名的衝動刺激著橘，他開了口就停不下來。

花岡又問：「所有人都會乖乖申請嗎？一定很多人沒有辦申請。不過是繳個幾百圓，很麻煩呀。大活動、音樂會就算了，場地只是我們家小小一間店，而且也只有一、兩首曲子。」

「花岡太太……很多人都這麼想。但我們設身處地思考一下，假如『薇瓦奇』常常有人吃低價的霸王餐，您也會很困擾吧？」

「餐廳提供餐點和場地，換取金錢。同理，音樂家也是提供音樂好換取金錢的。」橘溫聲解釋，餐廳老闆如花岡聽了，眼神一陣游移，苦笑著說你都說到這個分上了，我也沒辦法反駁。

「順帶一提，各位認為小野瀨晃過著什麼樣的生活？」

橘環視在座眾人的表情。梶山回答：「他那麼有名，想當然一定過得很舒服啊。」蒲生也笑著說：「我記得他現在住在紐約。」

自己再繼續滔滔不絕，也許會招來懷疑，但橘實在止不住嘴。他越說越起勁，像是在給眾人上課，舌頭差點抽筋。

「那麼，小野瀨是靠什麼當作收入來源，支撐他的生活？就是著作權使用報酬。他也會辦演奏會，也許不只靠著作權收入過活，但這部分的占比應該比其他收入更多。所謂的『著作權使用報酬』，就是從他人使用樂曲的各種形式裡一點一滴徵收，像是ＣＤ、音樂會等等。人們使用音樂獲得的一部分利益，一定得回饋音樂的著作權人。若不徹底落實這個體制，藝術家活不下去，世界上甚至再也不會誕生新的音樂。」

倘若不存在著作權使用報酬的徵收制度，就會輕易葬送音樂界的未來。橘解釋著，也暗暗激勵自己。

他的工作意義重大，絕非一場錯誤。

「既然小樹這麼堅持……」

花岡碎念著很麻煩，還是決定申請。橘見花岡改變主意，也不禁鬆口氣。

假如「薇瓦奇」未來還會繼續舉辦音樂活動，總有一天會引起全著聯注意，派出神祕客調查狀況。萬一演變成訴訟，「薇瓦奇」必敗無疑。

為了避免嚴重後果，自己寧願現在就說服對方。

「現在去網站就能立刻申請。之後您只要每次在舉辦現場演奏活動之前，上網申請授權就可以了。」

「對了，三笠和全著聯的官司有進展嗎？」

琢郎滑著手機，突然提起。「官司？」花岡蹙眉，琢郎興匆匆地揚起雙頰，問：「你們不知道喔？」橘頓時坐立難安，下意識拿起冰咖啡。

玻璃杯外布滿水珠，感覺如同掌心的汗滴。

「三笠現在提告全著聯耶。」

「咦？三笠提告？為什麼？」

「現在鬧很大喔。我們學生不是會在教室上課嗎？上課的時候一定會演奏一些曲子，聽說全著聯認為那也算是正式演奏，要音樂教室付錢。然後三笠就去法院提告了。」

「什麼啊？」眾人的斥責灌入耳中，橘現在就想從這個地方消失。

「課堂上的演奏根本不能聽呀。一下卡來卡去，一下拉錯音，那哪算『演奏』？」

「所以網路上才會燒起來啊，而且聽說他們每年就要收到十億。」

萬一櫻太郎老師因為官司沒工作，那該怎麼辦？花岡的話聽起來一點也不像玩笑。咖啡廳前方的人行道太過眩目，正午時分的影子顯得莫名短縮。

自己的身分曝光之後，也會受他們輕蔑？橘一想到這，眼前便一陣發黑。

橘獨自在空無一人的辦公樓層加班，漸漸喪失現實感。不只是資料部，連隔壁的財務部都不見任何同事，窗外已是黑夜。

橘打著調查報告書，一股詭異的感覺湧上心頭。

像這樣將一切化作文字之後，事情其實並沒有那麼不堪。

實地調查委員會為證實三笠音樂教室（以下簡稱「三笠」）慣性侵害受管理樂曲之演奏權，派遣本會調查員前往三笠二子玉川分校。調查員每週參與一堂「大提琴高階個人班」課程。第一次體驗課程當下，A講師便告知調查員，若比較喜歡流行音樂，可以只選擇學習流行音樂。調查員表示想學習流行音樂之後，便從隔週開始參加課程。每週課程時間約四十五分鐘，大部分用於演奏受管理樂曲，或是欣賞講師之示範演奏。

課程中非法使用的樂曲一覽表，請參照附件。

根據三笠的財務決算資料，去年度的業績算是普普通通。經常利益約為四百九十億圓。

橘沒能仔細看出收益細項，但三笠的年度收益比前年度增長約百分之十，經營狀況並不差。

聯盟每年徵收十億圓著作權使用報酬，並不會危及三笠的經營狀況。橘得知這點，暫且放下心。罐裝咖啡已經變涼，橘如同大口灌水，將咖啡一飲而盡，關掉三笠決算資料的分頁視窗。

淺葉只是受僱講師，並非三笠的正職員工。

橘一想到，萬一自己參與這起訴訟案，給淺葉帶來麻煩，就擔心得寢食難安。

課堂上新教的《落難》，曲調和標題的確很不一致。小野瀨晃究竟懷著何種想法，為曲子取了這個標題？如果真如淺葉所說，這首平靜的音樂是為了表現暴風雨前的寧靜，感覺世上什麼事物都不值得相信。厭煩的心情壓迫著橘。

「你今天的演奏感覺用力過頭了啊。深呼吸，肩膀放下來。你已經拉得出正確旋律。越到後半段，節奏變得有點太快。」

剛才的部分再來一次，淺葉指示道。橘將譜架上的樂譜往回翻一頁。往上瞥了一眼時鐘，課程時間已經來到後半段。改變教學曲目之後的第一堂課，時間總是稍縱即逝。

橘仍然找不著時機說要退課。

「橘，你差不多該買一把自己的大提琴了吧？」

反正公務員應該有錢吧？對方半開玩笑地說。橘登時一驚，淺葉這提議來的時機太不巧了。

「我記得你是因為不方便帶著大提琴上下班，才沒有買？不過你來上課的時候，用教室的琴就好了。你都認真學了這麼久，稍微砸點錢也無所謂。我之前去逛了常光顧的樂器店，店裡又進了新琴。」

儘管臥底已久，看淺葉興高采烈地建議自己，橘仍舊良心不安。自己再過數堂就不再學琴，不可能花錢買琴。

淺葉大概作夢也沒料到，眼前的學生竟是全著聯派來的間諜。

「我現在沒餘力花這麼大筆錢……」

「樂器是要跟一輩子的，貴是理所當然。但你看起來也不太亂花錢啊？」

「想買歸想買，但我還得還助學貸款，現在不太想另外多貸款買琴。」

婉謝的話語虛實交雜。

「這樣啊。」淺葉簡短回應，似乎不太理解人間疾苦。淺葉家境富裕，從至今的閒聊當中也能略知一二，但他毫無自覺。

「如果是財力因素就不勉強。我只是單純認為你是時候可以買把琴。」

「老師……您當初買那一把大提琴，是什麼因素讓您下決定？」

我滿好奇這一點，橘補上一句。淺葉又重複了一次：「你說因素？」

橘下意識俯視大提琴琴腹，感覺自己已經迷上這熟悉的色調。橘上課將近兩年時間，都使用這一把大提琴。然而這並不是自己親自挑選的樂器，僅僅是三笠亂數出借的出租用琴。

沒打算買琴，卻不知為何，很想知道如何挑選樂器。

「我是拉過之後，選了一把最有感覺的琴。我自己覺得拉起來很棒，就買了。」

淺葉的手掌輕放在自己的大提琴側板上。蜜糖色樂器經過精心保養，顯得十分美觀。

「我不太敢相信自己的感覺，所以想知道大家普遍用什麼基準挑選。有沒有方法可以分辨名琴？比方說外觀上哪裡比較好、試奏時聽起來什麼樣叫做好，之類的。」

「別用普遍的標準選擇自己的樂器啦。感覺因人而異，橘，你覺得演奏起來最好的大提琴，就是世界上獨一無二的好琴。當然，真要提產地、工房，講起來反而沒完沒了，但某方面來說，那些全都是別人的標準，對吧？我的樂器專屬於我，你的樂器也只專屬於你。你只能相信自己的想像力。」

淺葉想舉個例子，突然湊上前，做出橘意想不到的舉動。

「拿這枝原子筆舉例好了。橘，你覺得這枝筆哪裡好？」

對方拿起筆的瞬間，橘登時全身起了雞皮疙瘩。

那是錄音筆。

「……那是別人送的。」

「啊，原來。女朋友送的？」

橘答說是親戚送的，淺葉把不鏽鋼原子筆舉在臉旁，笑著說：「你真乖，這麼珍惜親戚的禮物。」

麥克風的距離之近，幾乎能錄進淺葉的呼吸聲。

橘心想，會爆音。

他這麼近距離說話，錄音筆肯定錄到震耳欲聾的音量。

「拿送你筆的人來說，他也是按照自己的標準，幫你選了這枝原子筆，對不對？像是外觀、試寫的感覺，可能還有重量？我猜對方應該沒有拿來和其他筆比較過後才決定。他應該只是在店裡拿起這筆，覺得很有感覺，才拿來送你。」

那不是親戚送的禮物，而是主管給的調查工具。

鹽坪不可能特地走一趟商店，精心挑選一番才選擇這枝錄音筆。他頂多連上專賣店網站，點了幾下滑鼠。

橘感覺身體的氣力漸漸流失，噁心到想吐。

「我老是搞丟筆，所以看你都用同一枝原子筆，很佩服你……」

他心想，快閉嘴，你根本不知道那枝筆是什麼東西。

機器已經錄下你的話。

全都錄下了。

「我可不可以再從頭拉一遍？」

橘不由得打斷淺葉的話。

「啊，抱歉。」淺葉說著，抓了抓後頸：「最近閒聊太多了。」

橘再次演奏《落難》，音色粗劣，滿是雜音，實在刺耳。

一點也不符合原本寧靜的曲調，簡直糟糕透頂。

平日稍縱即逝，一回神，又過了一週。

「他們絕對有奇怪的誤會啦。」

「誤會？」橘回問。

磯貝拿起扁平箱子，一邊抱怨高層誤以為資料部很閒。橘也抬起裝滿小缽的箱子，比外表看起來重多了。

臨時大會後，要幫忙準備高層幹部的午餐會。但這類雜務不知為何落到資料部頭上，橘也被叫來幫忙。他們被分配到的緊急工作，就是在松花堂便當（註11）用的便當盒中，正確擺放小缽。

頂樓會議室平時不允許基層員工出入，空間寬廣。

「為什麼這種雜務會落到我們頭上？平常不是總務部在做嗎？」

磯貝的西裝衣領上，公司徽章隱隱發光。上頭是全著聯的鮮紅標誌。聯盟會內有慣例，員工協助準備大會時，一定要配戴公司徽章。

相同的徽章，也在橘的衣領上發亮。

「說到總務部，三船小姐也出席了今天的總會。」

「是嗎？」

「與其去大會攪和，她才應該來幫忙擺便當啦。」磯貝嘴裡碎念著，一邊用手機確認松花堂便當的配置圖。左邊，靠用餐者的這一邊是燉煮。橘收到指示，翻找燉煮菜用小缽的箱子。

「高層開會老叫上她，果然人美好處多啊。橘是男人，都還只能在幕後乖乖擺便當盒。」

「我覺得與其每次被叫去參加大會，擺便當比較輕鬆。」

註11　松花堂便當：是日本的一種高級便當形式。便當盒邊緣較高，附蓋，中間有十字隔板，盒中擺放小缽分放配菜，以免味道彼此混淆。

「連你都站在三船綾香那邊喔。」

橘並不在乎做什麼工作，但聽磯貝語氣這麼失望，他反而心有不甘。真有人要帶橘一起參加高層會議，他只覺得困擾。

全著聯的正式會員都參與了今天的大會，只有理事會參加接下來的午餐會。現在會議桌上的日式便當盒數量，等於頂樓高層的人數。但就算知道人數，很難想像高層齊聚一堂的午餐會，會是什麼樣的景象。

頂樓的這些高層，是否知道有自己這號人物？

他們也許只知道有資料部的年輕人在三笠臥底？還是說他們知道自己的名字，認得長相？鹽坪、實地調查委員會究竟向上級報告多少真相？會議室內充滿精美卻嚴謹的用具，橘身處其中，突然心生畏懼。

自己也許接下了一個不得了的任務？

「湯品是不是要等高層到場，才倒進湯碗分發？我忘了正確步驟。」

「應該這麼做就可以了。」橘答著，不經意仰望大面窗戶外頭。來到這個高度，樹枝不會遮住天空，一眼望去遼闊無垠。

然而看向下方，眼前是一片寧靜的住宅區，自己待的地方並非摩天樓，只是普通的辦公大樓。

過不了多久，鹽坪便告訴橘，調查報告書已經轉交給高層。

「你整理得很簡潔，很獲好評。高層還親自要我好好慰勞負責調查的員工。」

橘面露淺笑，道了謝，胃卻刺痛不已，心浮氣躁，彷彿自己整個人被丟進熱鍋裡煮。也許是因為壓力，他連續身體不舒服很多天。地下資料庫的人造光亮，更令他鬱悶。

他的手掌緩緩撫上胸口，覺得眼前的一切莫名有既視感。

「我會請人依據那份報告書，製作訴訟用的文件。律師也會協助聲請證人的相關作業。等證人訊問的日期接近，我們再仔細商量證詞。沒什麼，看你演技那麼好，不用太擔心。正式出庭的時候，只要按照指示作證就夠了。」

光看鹽坪的神情，就知道對他而言，三笠的臥底調查已經形同結案。臥底調查的慶功宴乾脆辦豪華一點。聽見對方性急地邀請，橘的思緒還追不上狀況。

「橘，我先問問你的喜好好了。甚至也可以先提前小小慶祝一下。」

「我在三笠還剩幾堂課。」

等臥底期間完全結束後，再麻煩您，橘又補上一句。鹽坪微笑道：「你真是一板一眼啊。」

書架上老舊紙張的氣味，忽然挖攪橘的喉頭。在這片灰白景象之中，他漸漸辨不清分秒，分不清自己立於何處。

他赫然驚覺。

自己重拾琴弓之前，就是這麼渾渾噩噩地過著。

「橘啊，畢竟你已經不是新人，差不多該試著融入組織。哎呀，吃頓飯應酬，不需要這麼拘禮。你就來參加一下，讓別人認識認識你。你和三笠的講師、學生道別了嗎？」

「我還找不到適當時機告訴他們。」

仔細想想，自己是最近一年才擺脫失眠，在那之前，不分日夜，自己總是小病不斷。不知為何，橘已經徹底忘記，自己是直到最近一陣子，才終於不再畏懼惡夢。

他像是快速往回翻閱樂譜，掃過記憶，登時一愣。

自己以前作的惡夢，究竟是什麼內容？

「也罷，你大概會在法庭上再見到那個三笠的講師。」

「……啊？」

橘不自覺發出無禮的質疑，甚至沒餘力挽回失言。

宛如有人一腳踢中他的胃，悶痛令他屏息。

「請問……您說法庭上是指……」

他感覺頭昏眼花，噁心反胃，不知道該說什麼。像是有人拿冰錐鑽入他的背脊，厭煩的寒意竄遍全身。

鹽坪沒發覺橘的慌亂，果斷地繼續說：

「三笠也不是傻子。他們若是在證據狀的證人欄看見你的名字，馬上就會著手調查這名證人是誰，為什麼能證明他們的課堂侵犯演奏權？查查學生名冊，就知道是你。接著就會追查這名姓『橘』的全著聯員工是去調查哪間分校，由哪一位大提琴講師負責。」

他們為了顛覆我方的證詞，肯定會把你的講師拉進三笠方的證人行列。橘聽著鹽坪笑，無言以對。

我打算參加大賽。今年可能是我最後的機會了。

「說歸說，我們的證據可是一翻兩瞪眼，三笠還能怎麼自我辯護？難道他們打算繼續裝傻，堅稱音樂教室並不該當『公眾』場合？」

淺葉不惜找人代課，也要挑戰人生最後一次音樂大賽。他在預賽前的重要準備期，無端捲入官司，想必難以平靜。一旦臥底調查的事曝光，三笠方肯定會拚命從淺葉口中挖出詳細狀況。萬一他們逼淺葉上法庭作證，他根本沒心力面對賽前練習。

而且到時候他也會得知，跟自己感情這麼好的學生，其實是全著聯派來的間諜。

淺葉到時會怎麼想？

「你那是怎麼回事？」

對方舉起手指指著橘，他緩緩俯視自己的左胸。

「之前的臨時大會……我被叫去樓上幫忙，所以還戴著。」

「我差點就要佩服你，對聯盟這麼忠心，結果只是忘記拿下來啊。」

橘拿下鮮紅標誌的公司徽章，放進胸口口袋。回座位之後，要把徽章收回抽屜。莫名實際的待辦事項閃過腦中，反而顯得自己的失誤充滿傻氣。

龐大的憂慮如雲霧般盤旋，橘置身其中，只剩下這小小異狀，既可笑又突兀。

3

小野瀨晃音樂會的一般售票日當天，橘把學生時代的筆記型電腦塞進包包，背起大提琴盒，一早就離開家。

卡拉ＯＫ剛開店，沒有其他客人。橘在櫃檯拿到寫有房號的單子，記下WiFi密碼。橘的家裡沒有裝網路，只能來卡拉ＯＫ借用無線網路。

依照搶票教學網站的說法，電腦搶票的成功機率，比手機搶票更高。橘不知道網站說的是真是假，但值得一試。

橘窩在寬敞的派對包廂角落，靜靜等待開賣時間。窗邊還算明亮，但是橘待的沙發周遭很昏暗。他覺得肚子餓，手機鬧鈴正巧在這時響起，時間來到開賣前五分鐘，橘繃緊神經。自己居然按照搶票網站的教學，設定鬧鈴，未免正經過頭，連自己都想笑。

十點整一到，他立刻重新載入頁面，電腦畫面隨即轉換。從選取座位種類開始，快速決定取票方式與付款方式，馬上就進展到「確定」按鈕。

他還來不及疑惑，直接點下按鈕，智慧型手機隨即收到確認簡訊。是購票網站傳來通知，代表他買到門票了。

狀況出乎意料地順利，橘不禁有些脫力。他以為自己只是偶然搶贏，但看了看社群網站，事實並非如他所想。網路上哀號自己沒買到票的人，多得不得了。再次刷新頁面，門票早已銷售一空。

橘不知道，這算不算是新手運？

他從包廂內線點了豬排咖哩，店家隨即送來調理包咖哩。稱不上美味，但熱度十足。橘已經很久沒這麼清晰地感受飢餓。他拿起前端有分岔的湯匙，插起豬排，不經意地望向螢幕。

陌生藝人正在對談，聽起來算有趣。

橘吸了一次鼻涕，淚水接著滴滴滑落，絲絲氣息，從緊咬的齒縫間不爭氣地洩出。他弓起背，低聲哽咽，泣音迴盪在採光不足的住商大樓包廂內。一口氣宣洩完高昂的情緒，腦中頓時神清氣爽。橘再次握住湯匙，大口吞起咖哩。

他想好好活下去，直到音樂會的那一天。

一開始調弦，A弦應聲斷裂。橘記得自己有買備用弦，但不巧的是，只有A弦庫存空了。他無奈地離開卡拉OK，發現外頭的一天才剛開始。週末的住宅區，氣氛無比悠哉。

反正只是要買替換的琴弦，跑一趟池袋就罷了。

平時自己並不會特意跑太遠。

橘轉搭電車，抵達二子玉川，在三笠大樓一樓買了A弦用的琴弦。之後在車站附近找了間第一次看到的卡拉ＯＫ，在裡面自主練習，感覺心情很不錯。他重複演奏幾次課堂曲目《落難》之後，從大提琴盒拿出另一份樂譜。橘偷偷買了一本巴哈的《無伴奏大提琴組曲》。

儘管他拉得不太好，但演奏喜歡的樂曲就是很快樂。

不知不覺間，時間接近傍晚，橘的手臂也差不多到極限，準備回家。他在這附近上課快兩年，卻不太認得幾間車站周遭的商店。他本想去站前的複合式大樓看衣服，但一踏進去就覺得麻煩。一樓廣場擠滿親子、情侶，還舉辦新車展示活動，熱鬧非凡。

退掉三笠的會員，自己就不會再到訪這塊土地。

此時，耳機裡的音樂戛然而止，響起陌生的電話呼叫音。橘平時很少聽見通訊軟體的電話聲，心裡疑惑，趕緊從口袋掏出手機。

見到來電顯示名稱，手指登時一涼。

是淺葉。

「……喂？」

「喔，接通了。你現在在幹麼？」

「沒特別做什麼。」橘故作平靜，電話另一頭卻笑了起來。自己太容易疑神疑鬼，對方的任何一舉一動，都覺得對方別有用意。

差不多到極限了。

他真想趕快和所有人斷絕來往，落得輕鬆。

「您居然特地打電話找我，有什麼事嗎？」

「沒啦，我只是在找人晚上陪我喝酒。花岡大姊要顧店，梶山大哥有家庭要顧，琢郎先放一旁，但我也不可能約青柳出來。那還剩下誰？喔，蒲生大哥也要陪老婆，也很難突然找他出來。」

您這是刪除法之後才找我？橘故意說。淺葉隨即厚臉皮地說：「沒啦，開玩笑啦。」他人很好，從第一次見面時開始，就展現親切的個性，至今未變。倘若他有一、兩個卑劣的缺點，自己也許不會這麼良心不安。

如果自己當真毀了淺葉的機會，真能原諒自己？

「你來上課之後，我還沒和你單獨喝過酒，正好啊。我有點碰壁，你來聽我說說話吧。你現在在家裡？最方便去的車站在哪裡啊？」

「我最方便去的車站在池袋，但現在在二子玉。」橘答道。淺葉笑問你怎麼會在那裡？橘解釋自己的琴弦斷了，來補買琴弦，隨即聽見對方噗哧一笑，說特地跑那麼遠？

就如同合奏團邀約的時候，橘實在不懂得當場拒絕別人。

「你在二子玉還有事？我現在過去太花時間，你如果要先回家一趟，那我可以去池袋找你。」

「我頂多回去卡拉ＯＫ等，可以約在二子玉。」

「你該不會背著大提琴吧？」橘聽淺葉一問，答說人應該不會空手去卡拉ＯＫ。淺葉隨即吐槽：「大部分人都是空手進去的啦。」

不久後，橘掛斷電話，廣場隨即恢復喧鬧。

喧囂與寂靜太過相似，橘再度分不清自己身在何方。

淺葉來到約定地點時，已經有些喝醉。

「……約人喝酒，應該不會先喝過才赴約？」

「我來得有點早，突然約人又時間改來改去，我覺得不太好。」

我剛才不是說，我人在站前的卡拉ＯＫ打發時間？橘無奈地說。淺葉揚起火紅的雙頰，笑道：「那邊的河畔在呼喚我啊。」對方坦承自己在河堤乾了兩罐氣泡酒，橘也懶得做反應了。「別人看到會叫警察喔。」橘嘀咕道，背著白色大提琴盒的男人悠哉地笑了笑。

實際見了面，兩人的交流一如往常。直到剛才，橘還因為愧疚不知所措，現在那些愧疚卻煙消雲散。

他不由得開始認為，和現在相比，間諜、官司云云更像憑空虛構的故事。

「氣泡酒跟我體質不合啦。」

「我想您應該很清楚，我不太適合照顧喝醉酒的人……」

「沒事、沒事，我喝醉頂多就這點反應，不會更糟。」

您赴約之前都在上課？橘側眼看了淺葉的大提琴盒。淺葉答說，聽課的是自己。淺葉找了更高階的老師上課，以準備音樂大賽。

兩人約在二子玉川車站碰面，但淺葉說想去的酒吧在河的對岸，便沿著附近的橋過河。淺葉說自己剛才在河堤獨自喝酒，而那片河堤黑漆漆的，向下望去，感覺黑暗深不見底。

「那裡那麼黑，您居然有閒情逸致，在那裡一個人喝便利超商賣的酒。」

「其實下面有不少和我一樣的傢伙。」

真的有？橘不解地回問，淺葉怪腔怪調地堅持下面有人。淺葉愛喝酒，卻很容易臉紅，脖子附近已經紅成一片。

「河堤似乎黑得看不見東西，您居然知道旁邊有人？」

所有人都在滑手機，看光亮就知道了。橘聞言，問：「也就是說，老師剛才也在滑手機？」淺葉隨即罵道：「你當我傻了啊！」

有人說「醉漢總是多話」，還真是如此。

「人生難熬的時候，人根本不想看見光亮。所以我才跑到河堤去，結果一個個在那邊閃啊閃的，氣死我了。這世界就是這麼殘酷，連這點小願望都不滿足我。」

淺葉推開酒吧門，陡斜的樓梯筆直延伸到地下。橘好一陣子沒去酒館，連菸味都令他懷念。店內大小普通，客人不多不少，四散在各處。店裡很安靜，說話聲並不明顯。氛圍十分輕鬆。

從酒吧入口出發，有一處死角，有個三面牆圍起的座位。兩人被領到這處座位時，橘不禁詫異。他以為外向如淺葉，一定想在吧檯和老闆開心談天。

「ㄈ」字形的狹小空間，只有一張空無一人的餐桌。橘這才想起，淺葉在電話裡提到「我有點碰壁」。

這個男人也許格外在乎目光。

「你那行李也太大，是什麼啊？」

橘告訴淺葉，裡面是電腦。淺葉又問：「你還帶工作回家做？」牆邊並排著兩個大提琴盒，頓時占去不少地板面積。

橘坐到內側座位，眼前很類似死胡同的景色。

「其實這臺筆電很厲害……」

我覺得老師應該會羨慕，我可不可以炫耀？橘先開口確認淺葉的意願，淺葉點了點頭。上午的喜悅一點一滴甦醒，嘴邊不禁透著竊喜。

「我今天趁著一般售票開賣，搶到小野瀨的門票了。」

「真假？」淺葉瞪大眼問，橘不禁得意地說：「真的。」

「我聽說一般售票基本上不可能搶到，本來還有點怕。該說幸好我讀了不少搶票教學，還是該感謝卡拉ＯＫ的網路夠快？總之今天是我這輩子最走運的一天。」

「那你還有多的票嗎！」

「多的？」

自己原本就只買了一張票。淺葉聽了橘的回答，誇張地按住額頭：「一般人買票不是應該先買兩張嗎？」

「我不知道其他人的習慣，可是我本來就沒有約人一起去。」

「你買票的時候沒有約到人，但誰知道人生會發生什麼事？到音樂會當天還這麼久！哇靠……早知道你會搶到票，我一定事先拜託你幫忙……」

老闆送來菜單，但淺野看也不看，直接點單：「給我麥卡倫雪莉雙桶加冰，還有氣泡水。」橘選了最安全的健力士啤酒，又隨便點了下酒菜。酒一上桌，橘才知道淺葉點了威士忌。他平常沒什麼機會看到洋酒。橘在「薇瓦奇」以外的地方，幾乎不喝酒。

兩人乾杯當下，橘覺得今天真是古怪的一天。

他先是贏得小野瀨音樂會門票爭奪戰，在卡拉ＯＫ激動落淚，又為了買Ａ弦跑了一趟二子玉；他接到淺葉的電話當下，擅自怕得發抖，現在又不知為何，不顧畏懼跑來和淺葉一起喝酒。

才開喝沒多久，淺葉的雙眼已經開始無神，橘暗叫不好。

「您今天的課上得如何？」

「有點糟糕。」

丟臉到有點難熬的程度。淺葉隨即抓起寬底酒杯喝了起來。他本來就愛喝，但因為壓力借酒澆愁，未免讓人擔心。

「我脫離競賽很久了，對方聽到我突然想參加大賽，很傻眼。說我既然想參加全國級比賽，怎麼不早點開始好好練？現在才開始準備也太晚。」

淺葉現在想參加音樂大賽會太晚？橘鼓起勇氣問了問。只見火紅的臉頰扯了扯，半掛著笑：「當然晚啦。」

「我的老師嚇了一大跳，沒想到我還沒放棄。也難怪他會吃驚，畢竟我和T響鬧翻之後，就甘於當個三笠的音樂老師。」

橘沒料到淺葉語帶自嘲，不由得尷尬起來。淺葉察覺橘的態度，苦笑道：「讓你聽老師抱怨自己，你也不知道該怎麼辦吧？」

淺葉說，自己並不討厭當音樂老師。

「我教得起的學生，都很積極。平時那些熟面孔對我很好，也有你這麼善良的學生，我喊一聲就過來陪我喝酒。一個待在坊間教室的音樂老師，算不上多受人敬重，但我很喜歡這份職業。」

又不是在音樂廳裡享受鎂光燈，才叫做音樂家，對吧？橘聽了，點點頭。

他刻意假裝沒發覺，淺葉的話聽起來像虛張聲勢。

「剛才幫我上課的那位老師，只教我到我上高中。人有點古板。我現在也經常受他各種照顧，但我們在音樂的感性方面合不來。真問我誰才是我的『師父』，我馬上會回答是漢斯老師。」

淺葉懷念著過往，淡淡笑道：「那位老爺爺很古怪又彆扭。」

「我第一次見到他的時候，覺得他超可怕。身材高大又很沉默寡言，我當下用單字結結巴巴地自我介紹，嚇得發抖。結果他突然開始翻找後面的櫃子，問我『喜不喜歡小野瀨』。他板著臉給我看了幾張CD，我有點摸不著頭緒，但知道他算是用自己的方式關心我。畢竟他知道這個從亞洲來的十幾歲小屁孩，不知為何被自己嚇到。」

很溫馨吧？淺葉咧嘴一笑，橘答：「的確很溫馨。」淺葉這是第一次提到匈牙利留學時的事。他手肘撐在桌子上，整個人姿勢越來越斜。

「漢斯老師是個好老師。他大提琴的琴藝高明不說，但他對音樂的態度深深打動了我。他討厭權威、討厭比賽、討厭徒具形式的教育，明明在名校當老師，身上卻看不到傲氣。我當時就是個臭小鬼，在國內的青少年比賽小有名氣、能去歐洲留學，就囂張得意，漢斯老師徹底擊潰我的驕傲。我在那之後，就不再參加音樂比賽了。」

淺葉凝視著琥珀色液體說，當地比較沒有參加比賽的風氣。

「至少他們不像日本那麼重視音樂比賽成績。只在短期間練會指定曲目，也很難稱得上理解該樂曲。我也這麼認為。當地找音樂相關工作也不太過問比賽成績，比起頭銜更重視實力。」

接著，淺葉的氣勢宛如變小的燭火，逐漸消散。他承認，自己現在活在離匈牙利很遙遠的土地上。

橘第一次察覺，也許是燈光角度問題，這個男人看起來已經不年輕了。

「橘，你知道我今天為什麼找你來嗎？」

「……因為約不到花岡太太、梶山先生？」

「我就說那是開玩笑了。」淺葉笑得肩頭發抖，一雙大眼看起來比以往更加尖銳。

「大部分的人聽到我認真吐苦水，一定會擅自安慰我。像是『你現在就夠厲害了』、『音樂大賽一定能贏』之類的，說得像是能套用任何人的占卜結果。可是我最討厭聽別人說一些言不由衷的安慰。橘，因為你不會隨口安慰人，我才約你出來。」

橘窺見淺葉激烈如火的自尊心，驚得連眼都忘了眨。

「那個……我沒有您說得那麼好。」

「就是你這態度啦。你這樣反而容易被眼紅，對吧？」

你絕對是獨生子，淺葉不禁失笑。橘疑惑，這跟獨生子有什麼關係？他一臉莫名其妙，不知為何，淺葉反而笑得更開心。淺葉這麼懂照顧人，結果卻是老么，有一個哥哥，一個姊姊。

兩人點了第二杯酒之後，才談起大師班發生的事。

「我是春天出生，不久前剛過生日。我之前根本不在乎年紀，但知道自己只剩一年，就要脫離二開頭，我再樂觀也忍不住急了。全日本音樂大賽的參加年齡，是二十九歲以下。二十九歲啊，你相信嗎？明明一個人的人生在那之後還久得很，卻直接被割捨了。二十九歲的表演，和三十歲的表演，究竟差在哪裡？還是這之間其實存在某種決定性差異，只是我不知道？」

兩個威士忌杯送上桌，橘拿起其中一杯。淺葉說橘每次只喝啤酒太無聊，橘便失手點了自己不一定喝得了的酒。輕含一口，舌尖微微發麻。他只知道度數很高，其實品不出細節，卻感覺自己整個體面了起來。

橘的意識一點一滴變得朦朧。

「我去上大師班的時候，葛瑞格，一位世界級演奏家居然稱讚我，說我的大提琴很好聽。我這輩子從來沒這麼開心。但他馬上又問我，『你是不是對舞臺沒興趣？』」

舞臺？橘問道，淺葉又重複了一次，沒錯，舞臺。

「他可能讀過我交的簡歷。葛瑞格是美國人，美國和日本一樣重視大賽經驗。在大比賽得了獎，獲得關注，才一步步開闢獨奏家之路。這是最經典的成名途徑。所有人都理所當然地相信自己會成功，也漂亮地達成目標。」

對方很惋惜地問淺葉，為什麼你沒有參加音樂比賽？因酒精溼潤的雙眸，狠瞪著牆壁。那猙獰的目光，如少年般清澈，卻參雜了成熟大人的陰暗。

「那一瞬間，我感覺自己忽然像是大夢初醒。這場夢，我從匈牙利作到現在，太久了。我不屑地看著日本老友拚命參加音樂比賽，傲慢地堅信，自己比他們更認真面對音樂。」

你每次參加發表會的時候，我都會說一些很自大的話，對不對？淺葉問道，橘卻想不到適當的應和。

「不管是在狹窄的琴房，還是金碧輝煌的音樂廳，只要是演奏給別人聽，音樂不分貴賤。這句話是我的真心話。無論在什麼地方拉琴，都不會動搖音樂本身的價值。我在匈牙利留學時，漢斯老師就是這麼教導我。但我當真打從心底這麼認為？」

嗓音沒了堅持，隱隱顫抖著：「等到自己快要失去音樂比賽的參賽資格，我才終於明白……」

「比起教室、音樂酒吧，我想到更寬廣的音樂廳裡拉琴。三笠的講師表演，只是雇主『讓』我上臺，我更希望用自己的名聲吸引聽眾。我一直瞧不起常人的欲望、虛榮，但我也擁有這些情緒。這次的全日本音樂大賽，就是我最後的機會。我要得獎，以成為獨奏家為目標。漢斯老師已經去世了，我得自己掌控人生的船舵。」

自己要是現在放棄，以後肯定會死不瞑目。呢喃漸漸融入死巷般的空間。淺葉喝了口氣泡水，接下來，沉默維持了好一陣子。

「不過……我並不討厭當三笠的老師喔。」

你懂吧？淺葉驀地抬起頭。橘表示，自己懂淺葉的意思。大腦像是覆滿迷霧，卻開始慢慢往反方向運轉。

自己該怎麼做，才能讓淺葉毫無後顧之憂？

才能讓他安心參賽。

「問你啊，你知道《鐵達尼號》這部電影嗎？」

淺葉用手指戳著威士忌裡的冰塊，「在說一艘豪華郵輪撞到很大的冰山，不幸沉沒。」他回到平時的閒聊氛圍，音樂大賽、匈牙利之類的話題，看來已經結束了。

等橘反應過來，醉意已經蔓延全身，沒餘力擔心別人。

「我很喜歡那部電影的某個橋段。郵輪即將沉沒，一群音樂家下定決心，站在甲板上開始演奏。他們沒有逃跑，演奏到最後一刻。他們奏出的音樂，在那令人絕望的時刻安撫眾人的心靈。」

不覺得他們的人生很令人嚮往？看淺葉說得一臉認真，橘不由得噴笑出聲。淺葉摸了摸後頸，不服氣地說何必挑這種時候笑。

「他們是邊演奏邊沉進大海，這不是死得很慘？」

「我當然不想溺死，可是人總有一天要死啊？反正都要死，我想像他們一樣展現音樂家風範，死得風風光光。不過，我的人生也許不會發生那種戲劇化的狀況。」

難道你就沒有這種難為情的妄想？淺葉隨即鬧起彆扭，橘的目光瞥向手邊的酒杯：「您突然這麼問，我……」淺葉開始嘀嘀咕咕：「每個人都幻想過吧？自己能拯救人類而死之類的。」

「你就是這點不好，老是頂著一張酷臉，裝作跟自己無關！」

「我又不想為了拯救人類送命……」

「那我不就看起來像個傻蛋！我明年就要三十歲了，現在卻放大話要在音樂大賽得獎，又自己說被名演奏家稱讚，最後還嚷嚷著想為他人而死！」

淺葉把酒一飲而盡，放話說自己今天沒挖出橘的丟人事蹟，就絕不踏出店門口。眼前人忽然間變得越來越纏人。橘之前就常聽人說淺葉酒品不好，但剛開始氣氛過於感傷，他不小心大意了。

對方醉醺醺的雙眼，看起來卻格外犀利。

「我講正經的，從我到你的中間，是不是有道牆？」

「牆？」

「有一道高大、厚實的透明牆壁。我對於人與人的距離特別敏銳。橘，你是不是有很重大的事瞞著我？」

喔，你這表情，代表我說中了。淺葉無禮地指向橘。橘不禁被逗笑，「您這話倒是很有趣。」他笑出聲，喝下高度數的酒。

味道真怪，怪得令他止不住笑。

「我都說到這分上了，你乾脆招了吧。反正應該沒什麼大不了的。」

「老師這番話，不就是您最討厭的那種，人人都能套用的占卜話術？每個人總有一、兩個不願告訴旁人的祕密。」

橘莫名覺得很滑稽，不停大笑。可笑，太可笑了，好笑到不能自已。他甚至覺得現在坦白所有事，會比較輕鬆。自首輕罪，與其等到官司資料曝光，自己主動招認，也許還好一點。

他想告訴對方，你眼前的這個人，就是全著聯派來的間諜。

「看你這麼自信十足，我就是拚著一口氣，也要猜到你的祕密。給一下提示？」

「哪有什麼提示……」

自己的反駁虛弱無力，反而更激起笑意，死胡同的景色隨之搖晃。自己成了被逼到牆角的溝鼠，這場景也是可笑極了。總覺得一切的一切都好笑得不得了，他不想再撐下去了。

反正再過不久，被斥責的那一天即將到來。

「其實告訴您我的祕密，無所謂。」

店內幽幽流淌著音樂，是爵士樂，一首西洋老歌的改編版。

橘進店裡之前，忘記確認門上的標示。假如上頭沒有全著聯的鮮紅標誌，他必須向管理總部回報。

著作權法第二十二條，上演權與演奏權。

未經許可提供流行樂曲給不特定人士聆聽，視為侵害演奏權。

「我小時候，曾經晚上走在路上，差點被人綁架。」

橘的下一句話，連他自己都沒料想到。他內心一驚，感覺像是一時弄錯了左右方向。

他不知道，自己為什麼會脫口說出這件事。

「那個，這算是說出來給人笑的，您的表情也太老實。」

「……不是，這怎麼笑得出來？」

對方堅持這不算笑話，反而讓橘開始害怕。

不知不覺間，淺葉的表情沒了笑意。

這下傷腦筋了。橘乾笑著，手撫上威士忌杯，他感覺得到，自己手肘以下的部位開始隱隱發顫。

心臟像在敲打心門，聲音逐漸逼近。

「不好意思，好像讓氣氛有點尷尬。說是差點被綁架，也是很久以前的事了。我那時候國一，年紀也不算小孩子？總覺得我的印象有點奇怪。不過等我們成了大人，在路上看到國中生，老會覺得那些孩子比自己記憶中的國中學生還要幼小，對不對？算了，我的印象無所謂，我解釋一下，以免您誤會。事情並不嚴重，畢竟沒有上新聞，家人也沒有報警。而且最後只是綁架未遂就了結了。這種事社會上不是很常見？但說也奇怪，我總是馬上升起一些負面想法。看到有人和自己氣質類似，就會忍不住心想，對方是不是內心也有一些揮不去的陰霾？我之所以害怕他人，原因應該就是那次綁架未遂。我其實也很意外，我並不希望有人抓到當年的犯人。相對的從那天開始，有個念頭徹底改變了我。這個世界，一點都不值得信任。自己只要稍有鬆懈，隨即會被拖進暗處。我也是因為那件事放棄大提琴。我以前很喜歡大提琴，因為可以自己一個人拉，還有學琴之後不會被人欺負。小孩子很傻，一個人背著很大的樂器，他們就會怕得不敢靠近。畢竟大提琴和小提琴體型差很多。而附近只有我一個人背著大提琴到處走，很顯眼。我家沒錢，屋子卻占地寬廣，從外頭一看就像個有錢人家。所以有些人會以為我是有錢人家的小少爺。以前就經常有人拿我的外表說三道四，到現在我也不知道哪個才是主因，害我被盯上。」

十幾年份的情緒從框裡鑽出，與現在的心情彼此攪和。

內心的奔流推壓著他，話語無止盡地脫口而出。

「綁架未遂案發生之後沒多久，我開始作夢，而且是很可怕的夢。我在大提琴教室後頭的巷弄裡，被狠狠拖進廂型車。一開始還只是不停重現案發當下的記憶，但不知不覺情景越來越模糊，變成一片漆黑的景象。我不知為何，把黑暗當成海中，每次被嚇醒，就認為自己作了深海的夢。這夢一直持續到我長大，直到不久之前，我天天都陷在那場惡夢裡……」

橘雙手撐在桌上，低垂著頭。淺葉回頭望向吧檯。「請給我一杯水。」他的一句話喚回了橘，這個世界的聲音漸漸恢復原狀。

他喝了一口新端上的水，仍繼續傾訴著。

「……您之前不是問過我，要不要買大提琴？」

淺葉用力點了點頭。他的雙頰仍然泛紅，眼神卻很清醒。

「我其實很想要自己的大提琴。我的確要負擔學貸，但真心想要大提琴，還是買得起。可是從那件事之後，我非常害怕背起自己的樂器。萬一自己背起自己的大提琴，也許又會被砸毀、被燒掉，然後再次被拖進漆黑的地方。我已經不想再被拉進那種地方了。」

他質疑著，自己究竟在胡說什麼？

之所以不買大提琴，明明是因為臥底任務即將結束。

「向三笠租來的琴，並不會勾起我的恐懼。但一想到要買自己的大提琴，當下突然怕得不得了。下次再被別人盯上，也許不會幸運得救。我大概只是很害怕、很害怕。怕得不行，怕得要死。」

死胡同裡的餐桌再次迎來寂靜，酒吧內愜意的爵士樂，悠然撫過耳邊。

睡意突如其來，酒杯的形影漸漸模糊。

「這就是我的祕密，的確沒什麼大不了，我卻因此蓋起一道透明的牆，隔絕他人。十幾年前的意外，我到現在還忘不了，算是有點遜又丟臉的故事。雖然不是什麼拯救世界的幻想，您聽完就放過我，行嗎？」

不行，淺葉毅然決然地說。橘不禁噴笑出聲。他笑著問您會不會太嚴格了？淺葉卻不改態度。

「……先不論故事內容，我覺得自己很努力擠出這故事了。」

「所謂丟臉的故事，是指自己負得起責任，能力所及的範圍以內發生的事。像是工作上犯了常人會犯的錯誤、幹了難為情的蠢事等等。該怎麼說，應該是更無聊、更無謂一點。你的故事可不一樣。我那些自白可是無聊透頂，不值得和剛才的往事相提並論。你的故事一點也不遜，也不丟臉。甚至你根本不需要覺得丟人。」

抱歉，我不該逼你開口。橘聽了對方的道歉，腦中一片空白。

「那個，連我自己平常都已經忘得一乾二淨，您其實不需要這麼認真。我沒有朋友，沒什麼聊這些的機會……」

「那你以後再用別的故事補償我。像是對主管做了蠢事、在女孩子面前搞得很遜之類的，這種等級的故事就夠了。」

「我下次再找你喝酒，到時候要來啊。」淺葉邀道。這番話花了點時間，才徹底融進橘的內心。「您說得是。」他的回應變得冷漠。吧檯投來的燈光，朦朧不清。

「說到大提琴……」淺葉說道。

「假如你真心想要，未來有一天，你就買一把吧。」

他小心翼翼地組織話語：「我已經明白你的苦衷，不會強迫你。」

橘茫然地望著淺葉，恍然大悟。自己發自內心的那番話，其實是危急時刻的求救訊號。

「橘，你已經是大人。身高比我高，不會再被人綁架。沒有人能破壞你的樂器，或是探詢你的蹤跡。你可以背起自己的大提琴，平安回到家。」

淺葉從口袋掏出錢包，抽出了一張四角捲曲的潔白卡片，緩緩遞了過來。彷彿有一份難得的珍寶，穿過透明牆壁，送到眼前。

「這是我常去的樂器店，是家好店，維修的手藝很不錯。其實我身為講師，應該勸你在三笠買琴。橘，你不需要急著現在買，等你有一天準備好，可以迎接自己的大提琴，就去一趟吧。」

指尖接過卡片的一剎那，彷彿有什麼靜靜落了地。

「……我可以收下這張名片？」

「給你了。雖然名片有點老舊，拿來送人有點不好意思。」

橘低聲道了謝，凝視著這張名片。他已經下定決心，堅定不移。

一股奮不顧身的情感，猶如泉湧。

「音樂大賽。」

「嗯？」

「我會幫您想辦法的，老師。」

想辦法？你能幫我想什麼辦法？淺葉笑道，橘咧嘴一笑，說自己的意思就是幫淺葉加油。他喝乾了杯中酒，腦袋反而清晰起來。

自己現在把淺葉捲進官司，肯定會死不瞑目。

「您今後的行程會怎麼安排？」

「報名開始的時候，同時會發表指定曲目，這個月底時間就會比較吃緊。等到那之後，我恐怕沒時間喝酒了。我還在和行政單位討論，看看能不能拜託熟人代課。假設可以請人代課，我應該會消失一陣子。」

畢竟還不到夢醒的時候。淺葉說著，仰頭喝下威士忌，不知何時，杯中的冰塊已經漸漸變小。

橘在田園都市線車上聽著《皺鰓鯊》，思考接下來的打算。

他會拒絕參與證人訊問。接著，要銷毀提交給鹽坪的調查報告和課程錄音檔。淺葉平安比完音樂大賽之前，絕不能讓三笠方得知，自己就是全著聯的間諜。

車窗映著外頭夜晚的河川，漸漸加速。光耀的旋律潛入海中，不斷下降，直到醜陋大魚潛藏的深度，劃破伸手不見五指的黑暗。

4

橘確認過，全著聯辦公室的辦公桌都是出自一間興津公司之手。他隨即打電話到興津公司，假裝自己弄丟座位的鑰匙。對方告知只要知道辦公桌型號、出廠編號、鑰匙孔編號，就可以重新訂做鑰匙。得知情報後，他立即申請加班。

下班時間之後，資料部樓層空無一人。橘站在鹽坪的座位前，緊張得口乾舌燥。他單膝跪在地毯上，緩緩拉開辦公抽屜櫃，出廠編號的標籤就貼在櫃子正後方。他用手機拍下標籤，小小的快門聲響起。橘下意識肩膀一跳，又一次環視整個樓層。

每一次課程的錄音檔，橘都是用電子郵件寄給鹽坪。所有檔案應該都整理好，存放在全著聯共享資料夾的某處。鹽坪做事嚴謹，他想必也用其他方式備份了音檔。

畢竟那是重要的證據，事關三笠一案的官司走向。

橘指望備份用的儲存媒介存放在鹽坪的辦公抽屜櫃，下訂了備用鑰匙。備份用的儲存媒介應該是普通的硬碟。從物理面處理掉的方法很多，要麼偷走，要麼掉包。

然而重點是共享資料夾裡的檔案，橘遲遲想不到怎麼銷毀檔案。橘的ＩＤ不可能登入實地調查委員會的資料夾。

他必須盡快湮滅所有證據，能多快就多快。

關東地區進入梅雨季節，這一天是星期五，橘在三笠的休息區瞧見佳澄，她正在念書。螢光綠的髮圈，將中長黑髮束成一束馬尾。她就如同普通學生，東西很多，筆記本旁邊散落著筆和便條紙。

橘告訴佳澄，自己搶到票了，她的反應很激烈。

「咦？你搶到了？一般售票耶！」

「託妳的福，總之就搶到了。」

女孩稍稍圓潤的稚嫩臉蛋綻放笑容，害羞地說：「我又沒有幫上什麼忙。」她接著追問橘搶到哪一天的票，橘回答是第一天，佳澄十分惋惜。她的票似乎是第二天的場次。

「妳還是來上課了。我還以為妳會休息到筆試結束。」

「上大提琴課算是我唯一能喘口氣的時間，而且在這裡也能念點書……」

佳澄的公立幼稚園筆試，就在這個月月底。正好和淺葉報名音樂大賽的日期沒差幾天。

看來這個月應該無法舉辦「薇瓦奇」的固定聚會。

「抱歉，找妳多聊了幾句，打擾妳念書。我差不多要上去教室了。」

「不會，怎麼會打擾。」

與其說是打擾……佳澄嘟囔著，話語卻沒了後續。橘和佳澄道別，走上大樓梯，乾爽的空調感覺十分舒暢。

銷毀音檔之後，就按照預定計畫，向三笠申請退課。

一旦負責臥底的員工拒絕出庭，不知道全著聯會如何應對官司，自己的處境又會變得如何？在處理完所有紛擾之前，他不能輕易回來上課。

「嗨，辛苦啦。外面還在下雨？」

來到走廊最內側的琴房，打開房門，只見淺葉隨興地舉起手打招呼。他的身旁一如往常，橫躺著兩把大提琴。

興津公司寄來備用鑰匙之後，橘再次申請加班。全新鑰匙順利打開鹽坪的抽屜櫃，所有隱私全都曝光。

橘小心翼翼翻找櫃內，在最下方的抽屜發現疑似音檔備份的硬碟。回到座位開啟硬碟，便見到一整排以日期為標題的音檔。橘調小電腦聲音之後，點選其中一個檔案。是淺葉的聲音。這些音檔確定是橘繳交的三笠課程錄音檔。

橘照下硬碟外觀，確認商品名稱，當場用手機訂購相同硬碟。硬碟明天就會寄到家裡，後天就能調包。他把硬碟收回抽屜櫃，順便打開鹽坪辦公桌上的電腦，想當然耳，他沒辦法登入電腦。

使用鹽坪的ＩＤ，應該能輕易查看實地調查委員會的資料夾。

不過橘始終猜不到主管會使用的密碼。他不會那麼笨，用自己的名字或生日當密碼。鹽坪的興趣、嗜好，甚至家人的資料，橘一無所知。

即便橘拒絕出庭，上級仍手握臥底得來的證據。他們在打官司時動用證據，一定會查到淺葉那裡。資料還保留在共享資料夾裡，只調包備份硬碟沒有意義。

全著聯的共享資料夾保存在雲端，無法輕易出手。早年公司的伺服器都設置在自家辦公區內，如果跟以前一樣，他就可以物理性毀掉資料。他想到這，自覺那些想法已經徹底跨越道德底線。

萬一事蹟敗露，一定會被懲處。萬一聯盟報警，就全盤皆輸了。

這一天的工作很緊湊，公司內外的洽詢需求比以往更頻繁。

橘看工作進度完全沒進展，厭煩極了，卻也慶幸多了加班的藉口。他尚未想到方法銷毀共享資料夾的音檔，與其懷抱擔憂回家，不如在公司行動。乾脆再動用那把備用鑰匙，翻找鹽坪的辦公桌。

橘光想到全著聯的法律顧問即將開始正式討論官司應對，就急得如同熱鍋上的螞蟻。倘若他沒有盡快銷毀錄音檔，對方可能會把檔案複製到手邊。萬一資料流出，橘就無計可施了。

調包用的硬碟，已經藏在橘的公事包裡。

「你還在公司？這時間該把工作告一段落，趕快回家了。」

入了夜，橘更新資料庫，一路工作到辦公室沒有其他同事。鹽坪忽然間冒出來，橘的心臟登時漏了一拍。下班時間的三樓空間，燈光已經關了一半，昏暗且安靜。

矮瘦的中年男子一如往常，露出略帶深意的笑容。

「你最近好像經常留得很晚？我們部門很少需要加班。假如是工作分配不均，你可以找我商量。」

鹽坪從正面走過來，繞過橘的辦公桌旁，直接坐上自己的座位。

「因為……我白天忙著處理電話，工作還堆了不少。」

「改到明天再做就是了。我可是管理職，上頭鄭重吩咐過，要嚴格管理部下的加班狀況。」

橘道了歉，聚精會神地聆聽身後細微的聲響。是快速敲打鍵盤的聲音。

鹽坪打開自己的電腦，輸入自己的ＩＤ。

「橘。」

「是。」

「你果然從上週開始，加班次數稍微多了點，注意一下。」

鹽坪正在查看人事管理軟體，溫和地提醒橘。橘低聲說不好意思，語調差點發顫。

這是前所未有的大好機會。

「你就是太認真了，是不是給自己立了比別人還多的工作目標？」

橘開始祈禱發生什麼大災難，地震也好、火災也罷，最好讓整個樓層陷入混亂，鹽坪的電腦就可以維持在登入狀態。

「我一不小心就想趕工……到一個段落我就會回去了。」

「辦公室可不值得你待得這麼晚啊。」

他甚至動了念頭，乾脆從旁邊推開鹽坪，強搶鹽坪手上的滑鼠。雲端上的資料刪除之後，就無法再復原。只要能確實清除那些檔案，他不惜動用暴力，就算自己百口莫辯也無所謂。

快離席，現在，立刻！

「不，我現在在三樓。」

耳邊傳來毫無脈絡的臺詞，橘下意識回頭看去。鹽坪拿著手機，語氣嚴肅。

鹽坪起身，辦公椅猛地倒向後方。

「我馬上回去。不，現在就過去。」

鹽坪急急忙忙穿過通道，走向走廊。態度十分慌亂，甚至把橘拋諸腦後。

資料部樓層頓時一片安靜。

下一秒，橘抓起自己的公事包，飛奔到鹽坪的辦公桌前。他猛地雙膝跪下，仰頭望向螢幕，用力點了幾下滑鼠，人事管理軟體的視窗登時點亮。

行得通。

橘緊張過度，簡直快吐了，但他仍拉過辦公椅椅背。他重新坐好，從電腦桌面的捷徑打開全著聯的共享資料夾，馬上從常用資料夾裡找到實地調查委員會的資料夾。點選署名「鹽坪」的資料夾之後，隨即出現名稱為「三笠臥底調查」的資料夾。橘用力點選資料夾，螢幕中央立刻顯示另一個小視窗。

請輸入密碼。

橘一見到這排文字，右膝隨即撞上腳邊的抽屜櫃。

打開三笠臥底調查的資料夾，需要另一個密碼。橘下意識咬了手背，痛楚讓意識頓時閃白。對方徹頭徹尾地小心謹慎，令他恨得牙癢癢。手抖個不停。萬一鹽坪現在回到座位，一切都完蛋了。

橘把滑鼠按得喀嚓喀嚓響，幾乎要把手背咬出血來。

快想。

快思考。

只要消除這些檔案，就結束了。萬一聯盟在法庭上亮出錄音檔——

震動聲響起，橘嚇得全身一跳。他從西裝褲拿出手機，售票網站又傳了ＤＭ過來。

「小野瀨晃相關票券」，橘一見到標題，差點想把手機扔出去。現在可不是買票的時候。他氣得怒火中燒。

然而這標題不知為何，敲開了記憶的大門。

你要拉什麼？

是小野瀨晃的電影樂曲。

橘一愣，嘴離開手背，鐵鏽味竄過舌尖。

他想起當時的對話，心頭莫名鼓譟。那是隱藏在日常中的些微異狀。橘告訴鹽坪，自己要演奏《皺鰓鯊》時，他平時面具般的笑容，不知為何有些僵硬。

仔細想想，就只有那個時候。

鹽坪開口閉口都是公司，只有那次，他主動提到了別的話題。

橘在密碼的輸入畫面裡，輸入了「戰慄的皺鰓鯊」的羅馬拼音。資料夾沒有開啟的跡象。輸入「皺鰓鯊」，也打不開，但橘的信心莫名明確，他用手中的智慧型手機，搜尋電影原文標題。

我們那個年代說到現實路線的諜報片，就會想到這部片。蒲生的話語言猶在耳。

反正除了這條線索，橘想不到任何可能的密碼。

輸入電影的原文標題，資料夾依舊未開啟。用日文搜尋了「皺鰓鯊」，顯示了魚的圖片。那是一條擁有三叉型利牙，猶如長蛇的深海魚。間諜偽裝身分，潛入敵營，人們用這魚的名字，輕蔑地稱呼醜惡無比的間諜。

橘見到那冗長的學名，反而恍然大悟。

那孤獨的男人，慎重、做事面面俱到，不相信自己以外的人，的確會使用這種密碼。

Chlamydoselachus。

橘輸入皺鰓鯊前半個學名，靜靜按下輸入鍵，資料夾隨即開啟。

三笠的課程音檔最後方，存放了橘剛繳交的調查報告書。橘選取所有檔案，按右鍵選擇「刪除」，清除這龐大的資料，需要些許時間。等待刪除的期間，橘從電子郵件的往來紀錄，刪除所有挾帶音檔的信件，也檢查過下載檔。清空垃圾桶之後，所有檔案確實消失了。

橘看著臥底的痕跡無聲無息地消失殆盡，腦中不斷重複著一句話。

這裡是我的戰場。

我的戰場就在這裡。

用鑰匙打開鹽坪的辦公抽屜櫃，備份用的硬碟擺放在相同位置。橘用自己帶來的全新硬碟調了包，再次鎖上抽屜櫃。

他回到自己的座位，把臥底相關資料從自己的電腦刪得一乾二淨。最後拿起胸前口袋上的錄音筆，刪除裡頭的所有資料，錄音筆變回單純的原子筆。

完成刪除工作，橘用手機確認時間時，過快的心跳，不知何時已恢復原有的速度。

橘聽見有人喊自己，抬起頭，只見湊站在面前。現在是上午十點，眾人才剛開工沒多久。

他昨晚徹夜未眠，全身沉重又疲憊。

「……什麼事？」

「鹽坪先生外找，要你趕快到地下資料庫。」

你幹了什麼好事啊？湊不懷好意地低語。橘登時全身寒毛直豎。

他反射性喝了口咖啡，心臟的躁動卻遲遲未平復。他已經感覺不到味道。思緒也無法正常運轉，一個勁地想，自己終於被逼進死胡同了。自己明明心意已決，橫膈膜卻丟臉地微微顫抖。

他察覺共享資料夾內狀況有異？還是發現硬碟遭到調包？或是他電腦早就設定過，一旦有大量資料遭到刪除，就會傳警訊給管理者？還是說辦公室內裝了監視器？假如真是監視器，自己百口莫辯。

自己若是不多管閒事，好好融入組織，人生應該是一路順遂。

音樂大賽又如何？

就算自己給淺葉添了麻煩，那也不是自己的錯。官司、臥底調查，都是組織擅自定案，無關自己的自由意志。上級要他做，他只能硬著頭皮做。就算自己的工作毀了別人的人生機會，也跟自己無關。說到底，淺葉也不一定能在音樂大賽獲得滿意的結果。他現在開始認真，真能得獎？就像琢郎所說的，音樂領域沒這麼輕鬆。自己被突如其來的使命感牽著鼻子走，為了保住微乎其微的可能性，賭上條件絕佳的飯碗，實在蠢到極點。

儘管如此，自己還是不希望因為這件事，未來有一天死不瞑目。

按了按鈕，等了一陣子，電梯還是遲遲沒下樓。

顯示燈始終停在頂樓。橘低下頭，不再盯著顯示燈，來到電梯間正後方的逃生梯，推開鐵門。他彷彿漸漸掉進陰暗長筒之中，心無旁騖奔下樓梯，答答答地響著腳步聲。

腦中不停播放巴哈的旋律。

橘來到往地下最後的轉角處，下一秒瞧見有個女人蹲在樓下，頓時大驚。轉瞬之間，差點脹破的心臟猛地縮小。

他現在停下腳步，不過對方早就發現他了。

「是橘啊？」

嚇我一跳。女子說著，回過頭的瞬間，橘不禁縮了縮。

對方眼中沒有眼淚，脣邊甚至帶著一抹笑，他卻尷尬不已，像是自己偶然撞見別人痛哭。

不巧的是，女子還是三船綾香。

「你怎麼特地走逃生梯下樓？」

「……電梯一直沒下樓。」

「真有人會等不到電梯，就走樓梯啊。」她調侃道，但是橘不知該如何回應，他總不能直接問對方在樓梯間做什麼。

一個人會躲在這種陰暗角落，肯定是想逃避別人的目光。

「請別露出那麼討厭的表情。我又不是在哭。」

三船又問：「話說回來，你搶到小野瀨的門票了？」

她抱著雙膝，蹲在原地，緩慢地前後搖晃。回憶起平時的三船，很難想像她會有如此純真的樣子。

「我買到票了。」

「咦？好厲害，你真幸運。」

她用清澈如湖水的聲音低語，我其實很喜歡音樂。

橘感受到一股來歷不明的危機感，卻又對這感覺有印象，他思考著這是什麼。最近自己一而再、再而三聽見的旋律。小野瀨晃的《落難》猶如漣漪，悠揚地接近。

他生出一股神祕的預感。

在自己不知道的地方，有某種龐大的事物正蠢蠢欲動。

「我國中的時候參加管樂社，學長笛學了很久。古典樂、爵士樂、流行樂，什麼音樂我都喜歡。我並不想成為演奏家，只是希望將來可以做跟音樂有關的工作。所以這裡很符合我的需求，就算只是做行政，我還是對工作有一份自豪。你能懂嗎？」三船問道。橘低聲回答：「大概吧。」三船聽見他模稜兩可的回覆，輕輕笑了。

瞧了瞧樓層標示，她待的地方已經是地下室。

「小野瀨的公演，是什麼時候？」

「九月中旬。」

「這樣啊，早知道我也去搶搶票。總覺得只要有一個寄託在，未來發生什麼事都能撐過去。」

「你要去資料庫，對不對？」三船低聲說，緩緩站起身。橘下意識回看貌美的她，三船不再開口。

陰暗的階梯彷彿生物，從頂樓一路貫穿，直到地底。

明目張膽向三笠進行諜報行動。

全著聯派遣美女員工臥底，以如山鐵證證實其侵害「演奏權」。

橘看到這段標題的第一眼，彷彿聽見世界徹底崩毀的聲音。

鹽坪把發售前的週刊推給橘。橘只能怔怔凝視上頭的印刷字體。令人耳痛的沉默之中，只剩下老舊空調的些微聲響。

「請問，上面說的臥底員工是指……」

「總務部的三船。」

「三船小姐為什麼會……」橘悄聲說到這，就再也說不出話。

面對意料之外的發展，思考仍未跟上現狀。他伸手扶住喉嚨，讀著報導，腦中一片空白。

著名音樂著作權管理團體，全日本音樂著作權聯盟（簡稱全著聯），針對大型音樂教室三笠進行臥底調查。雙方因為「演奏權」問題對簿公堂，全著聯疑似為蒐集三笠侵權相關證據，派遣旗下員工潛入。該女性員工喬裝成普通學生，於三笠長笛高階班進行一對一課程。課堂上使用之練習曲，包括眾多受全著聯管理之樂曲，全著聯將以該員工證詞，用於佐證三笠侵害旗下樂曲「演奏權」。

這段描述，活脫脫就是過去兩年間橘在三笠做過的所有行動。

「……不是只有我去三笠臥底？」

橘目瞪口呆地問，鹽坪壓抑著情緒，說：「我們原本也認為間諜只有你。」

週刊輕薄的封面貼在掌上，觸感很不舒服。報導內容只是陳述事實，無奈的心情卻壓迫著他。文字的力量一把勒住頸部，令他一陣反胃。一想到整個社會都在斥責他們的行為，腦袋便逐漸發涼。

曝光了。全著聯員工去三笠臥底的事，曝光了。

「三船綾香，我知道她和赤坂派關係不錯，原來是因為她當了間諜。是誰派她去的？三笠的臥底調查本來是神樂坂派推動的計畫，而且是花上好幾年時間縝密設計整個計畫的。現在居然讓赤坂派搶先一步，開什麼玩笑！」

鹽坪神情苦惱地罵道。他的憤怒有些幼稚，和橘的情緒大相逕庭。這個主管真的滿腦子只想著組織內的派系鬥爭。

橘見到對方可笑的模樣，稍微恢復冷靜。但這感覺終究是錯覺，其實現在他甚至不知道，也說不清是什麼打擊了他。

記者在報導裡推測，臥底員工上法院時的證詞大意如下：

講師的演奏就如同音樂會演奏，迷人又精采，讓人如痴如醉。

「消息是從哪裡走漏給這間週刊的？」

「我們還在確認。這些混帳媒體，不懂內情就亂寫一通！」

內文將「臥底員工」描寫得冷酷無情，既不符合橘所知的三船，也不符合自己的形象。

我們都是普通人，至少比文章的描述更普通。

「……我接下來該怎麼做？」

橘本來預定再去三笠上課數次。他徵詢意見，鹽坪只扔下一句「我確認一下」。一秒、十秒，隨著時間流逝，心情漸漸蒼白，橘甚至想乾脆放掉一切，什麼也不想做。

他耗費了漫長歲月，結局卻如此隨便。

「既然赤坂派打算派三船作證，很可能已經和律師討論完畢。報導已經曝光三船的性別，就不好再把證人改成你。不然讓外界得知實際上存在多名間諜，可能會再次招來抨擊。諸位理事現在已經直接受輿論批評，他們不願意再繼續激化輿論。」

你不需要再去三笠上課了。橘聽見鹽坪宣告，點了點頭表示明白。他本來以為自己會更感傷一些，現在卻激不起半點情緒。

官司的證人確定換成三船，自己的名字就不會洩漏給三笠方。這麼一來，他就不會給淺葉添麻煩，淺葉可以毫無後顧之憂，全心投入音樂大賽。鹽坪總有一天會發現課程音檔遭到銷毀，但官司已不需要自己提供的證物，也許連毀損資料一事也會跟著不了了之。

只要自己能隱瞞間諜身分，就算不去三笠上課，還是可以偶爾去「薇瓦奇」露個臉。

自己也能去聽合奏團演出。

儘管不太光彩，但也算是不錯的結局。

「對了，大提琴。」

他還得去歸還樂器，橘嘀咕著。鹽坪卻沒有任何回應。

全著聯的間諜報導，在網路上鬧了好幾天。

「今天突然變得好冷。我本來以為已經夏天，換了季，現在找不到衣服穿，慌了一下。」

這溫度也容不得你們減少衣物節能減碳吧？淺葉笑著指向橘的西裝。幾天前開始，氣溫一口氣下降，這星期五下了雨，橘也久違地穿上西裝外套。

橘背對著帶上房門，茫然地望著熟悉的琴房景象。

清爽的房間地板，橫躺著兩把大提琴，兩張椅子面對面，扣掉譜架、小桌子，沒其他物品。桌子上蓋放著藍色樂譜。那應該是淺葉的私人物品。他可能連剛才短暫的休息時間，都用來練習音樂大賽的曲目。

淺葉剛才已經去櫃檯，歸還租回家使用的大提琴。

「對了，你知道那個新聞嗎？」

三笠的教室裡有間諜。淺葉坐在椅子上，瞇細了眼。他的態度，彷彿在聊一件跟自己無關的八卦。

橘脫下外套，手正要伸向衣架，頓時全身僵住。

「……我最近完全沒看新聞。」

「鬧得很大喔。新聞跟我們教室有關，大家都在討論。」

聽說是一群嚷嚷著作權的傢伙，派了間諜來三笠臥底。淺葉的語氣彷彿在分享電影簡介，橘簡單應了一句，移開目光。

橘早就做好心理準備，但對方直接聊起這話題，還是讓他很不好受。

「聽說間諜是以學生身分去三笠的教室上課，還長達兩年。發生地點是在自由之丘的分校，跟這裡滿近的。」

「的確很近。」

「那個著作權團體的理由好像是，想在音樂教室練習流行樂曲，就要付錢給他們。連這麼狹窄的琴房裡，一對一課程也要付。我知道有演奏權這玩意，但不知道會演變成這狀況。但比起是非對錯，對方的手段很難讓人接受。以學生身分潛入教室，這算犯規吧？負責的講師太可憐了，發現來上課的學生是臥底，以後搞不好都不敢相信別人了。」

你怎麼呆呆站在那裡？淺葉指著橘平時用的椅子。但橘已經沒心情悠哉拉琴。再繼續待著，自己會露出馬腳。他無法確認自己現在究竟是什麼表情。

橘本想好好上完最後一堂課，再離開三笠，但他現在更想盡快離開教室。

「你怎麼了？怪怪的。」

「……那個，不好意思，我知道這麼說有點突然。」

其實我剛剛已經去歸還大提琴了，橘開口說。淺葉抬頭望向橘問出咦？為什麼？他語氣輕鬆，根本沒想到橘會退課。

「因為各種因素，我沒辦法繼續上課了。」

「咦？」

「所以，淺葉老師，我今天是來向您道別的。畢竟老師照顧我很長一段時間。」

不好意思，這麼突然。橘急促地低聲說，視線不由得逃向腳邊，西裝外套還掛在左手上，感覺莫名沉重。

淺葉滿臉疑惑，刺痛著橘的心頭。

「你說道別，難不成今天是最後一次見面？這也太突然了。」

「我原本還匯了半期學費，是到秋天為止。不過不用退款了。」

「我現在才不管學費。你出了什麼事？」

我必須回老家。橘說了謊。淺葉伸手摸了摸自己的後頸，說是那方面的事啊……橘不小心把氣氛搞得更沉重，雖然現在內疚太晚，還是會良心不安。

「是你家人出事了嗎？橘，你心情還好嗎？」

「我很好，而且事情沒有老師想得那麼嚴重，只是很多事湊在一起。我今天其實也要馬上離開。」

他要回老家重新找工作，所以要拜託淺葉代替他向大家打聲招呼。橘說著，也自覺扯過頭。自己現在把狀況設定得這麼嚴重，沒辦法輕易回到教室。但他在這坐立難安，只想在露出破綻之前，把所有關係一刀兩斷。

這麼做，自己會比較安心。

「我之前每次參加『薇瓦奇』的酒會，總是過得很愉快。畢竟我沒什麼機會參加聚會。請您幫我告訴大家，謝謝他們每次的熱情邀約。我很慶幸自己又回來接觸大提琴，不但學會喜歡的曲子，老師也很親切地指導我。淺葉老師，我真的、受到您太多關照了……」

橘說個不停，一股情緒湧上心頭，彷彿自己即將與淺葉永別，胸口一陣刺痛。他已經不清楚哪些話是真心話，哪些話是謊言。誰能料想到，每次進入琴房前，總會果斷按下錄音鍵的人，會如此感慨萬千。

這下，一切都結束了。事情能有個圓滿的結局。

「別這麼見外……怎麼會說是受我關照？橘，你很積極，又有自己的品味，我教起來很有成就感。真是太可惜了。」

我會幫你好好向大家道別。橘聽淺葉這麼說，彷彿一段幻想的故事迎來大結局，他終於鬆了口氣。

儘管自己是基於古怪的理由開始上課，他還是學得很快樂。

甚至打從心底認為，人生能有如此奇妙的一段回憶，其實也不壞。

「你老家在哪裡？」

「長野，長野縣的松本市。」

「那也不算遠。有空回東京，記得說一聲。也許有人有機會去長野旅行或出差。沒什麼事，偶爾也要記得聯絡我們。又要搬家、又要找工作，應該很辛苦吧？之前讓你聽我訴苦，該怎麼說，假如有什麼我能幫上忙的事，儘管說。」

對方的提議坦率直白，心弦忽地動搖。

「我會……找時間聯絡你們的。」

「雖然我之後也會忙翻天，有機會再一起去喝一杯。」

「合奏團表演的時候，我會回來聽。」橘悄聲說道，感覺這小小的預定行程變成希望，催生出新的光亮。這份光宛如路標，靜靜地指引自己方向。

「對了，能不能請老師幫我簽個名，當作給我的餞別禮？」

之前佳澄說，您的簽名以後一定會值錢。橘笑著說，打開公事包。淺葉也模仿橘，淺笑道：「你幹麼一邊笑一邊說啦？」橘把《小野瀨晃名曲集》樂譜遞給淺葉，只見淺葉羞得連手指都紅了，又輕輕搔著後頸：「我現在手邊沒有油性筆。」

「青柳之前真的說過簽名的事？」

「那是我第一次去酒會。花岡太太那時候還說我的簽名什麼的，佳澄就接著說。」

自己身上不知道有沒有簽字筆？就在橘分心的這一刻，正面傳來一句聲音：「啊，用那個也可以啦。」橘還來不及思考「那個」是什麼，眼前的男人以帶有親密的失禮態度，伸出了手。

橘為了不起疑，胸前仍插著那枝不鏽鋼原子筆。

「簽在翻開封面的第一頁如何？這一頁的話，一般的筆也能簽。」

西裝外套掛在橘的手腕，而淺葉從外套胸前口袋抽出那枝筆，一瞬間，橘勉強安撫自己的不安。錄音資料已經刪除，那已經是單純的原子筆。就算對方察覺筆夾內側的祕密按鈕，也不需要恐懼。

清除所有證據之後，那枝筆已經沒有任何危害。

「咦？」

淺葉搶先一步察覺異狀。抽筆的同時，發生了意外插曲。

他一抽出筆，橘的西裝胸前口袋就有東西掉了出來，發出堅硬、細碎的聲響，滾到琴房地板上。

橘當下沒會意過來，那「東西」是什麼。

「抱歉，我好像弄掉你的東西。」

淺葉要幫忙撿，蹲了下來，徽章閃過焰火般的光芒。

那標誌很有名，只要有在關注新聞，一定記得這標誌。尤其最近幾天，臥底員工的報導紅透半邊天，有更多人認識這個標誌。

全著聯的鮮紅標誌。

「你怎麼表情這麼怪？」

淺葉恢復原本的站姿，目光也落在指尖上的徽章。

他當然也知道，那是全著聯的公司徽章。

這不就剛才提到的那玩意？橘聽見淺葉半開玩笑地嘀咕，登時渾身僵硬。

「……這什麼東西？」

「是CD附贈的周邊？他們又不是唱片公司，著作權什麼鬼的公司出周邊，誰會要？雖然唱片公司出自己公司的徽章當周邊，我也不要……」

這是什麼？對方抬起頭的當下，橘明知道自己該找藉口蒙混過關，但他想不到任何藉口，連自己都嚇了一跳。

淺葉把決定性的證據拿到橘的面前，橘的腦袋卻如同當機。

「呃，我在問你，這是什麼？我不知道這是什麼東西啊。」

你不回答，我怎麼知道？他乾笑著問，橘甚至忘記如何呼吸。銳利的眼神如箭，漸漸失去溫度，深邃、透明的平靜目光，令人聯想到地底湖面，終究映照出了橘的真實身分。

為什麼公司徽章會在這裡？

地下資料庫開會時，鹽坪提醒了他，自己當場就拆下徽章，之後呢？自己怎麼處理？

「不要閉著嘴，說話啊？」

淺葉的臉上失去笑容。

「要說什麼……」

「一定有，你應該要跟我說點什麼吧？」

你至少想得到一、兩個藉口開脫。淺葉的語氣漸漸透出怒氣，魄力逼得橘雙腳發軟。

淺葉的雙眼瞪大，用力得像要浮出血絲。

「你就算說這是周邊也行。我又不認識那間公司，你只要說是別人給的，我就會乖乖相信。畢竟話是出自你的嘴，我也只能信了。」

這是什麼東西？是誰的？淺葉逼問道，橘回望著恩師。

「這是……公司徽章。」

「……是誰的？」

「毫無疑問，這是我的公司徽章。每個全著聯的員工都有一個。這算是滿重要的標誌，不可能買得到周邊。」

請你還給我。橘說著，從淺葉手上搶回徽章，扭曲的勇氣忽然沸騰似地升起。宛如狗急跳牆的勇氣。

他挺起胸膛，用力握緊手掌，徽章緊緊陷進掌中。

「全著聯，就是老師剛才提到的著作權組織。全日本音樂著作權聯盟。我們代替專心創作的創作者，為他們嘔心瀝血製作的樂曲，徵收著作權使用報酬。輿論把我們講得像壞人，但我們可是正派組織。倘若沒有人承擔這份討人厭的工作，這個國家的音樂市場就會跟著崩潰。」

有人只相信網路上那些討論，我們也很困擾。橘罵道，勾起嘴角。現在和方才那令人感動的告別場景落差太大，他幾乎要昏厥。

「這次也是，媒體把這件事炒作成間諜云云的，但我們是依據法律採取行動。有人未經許可使用旗下管理樂曲，進行非法獲利，我們也只能採取相對的行動。因為那就是我們的工作，我們也得向創造智慧財產、創造音樂的著作人交代。是不是街坊巷弄的音樂教室、一對一課程無關。不准擅自使用別人創作的曲子，非法賺取利益。」

全著聯和三笠的官司，想必是全著聯獲勝。

三船一定會做好工作。

我方的立論沒有失誤，鐵證如山。只要是著作權使用報酬相關訴訟，全著聯不可能敗訴。

所以，早知道自己今天應該還一還大提琴，早早就離開。

「我純粹是依據正當方式來三笠上課。從不拖欠學費，而你們教室的宗旨，應該是來者不拒。至於我在教室內見證的演奏權侵權行為，官司會判出個是非……」

「你現在是在對誰說這些？」

想演講，就滾去別的地方演講。對方的語氣令人膽顫心驚，橘再也吐不出半句話。淺葉以往從未展現過這種態度，這是他真心發怒的語氣。

眼前的男人怒氣漸盛，令人生畏。

「我說啊……這些事根本無所謂。我才不管誰是正義。我不懂法律，網路、輿論也不干我的事。我只是在三笠工作，他們要和誰打官司，我其實根本沒半點興趣。」

我現在問的才不是這些廢話，淺葉怒道。橘完全不敢和他對上眼。明明是自己單方面長篇大論，卻極度害怕對方赤裸裸的情緒。他一旦退縮，就再也無力振作。

幻想的大團圓結局已經毀得一塌糊塗。

反正都已經一塌糊塗，他只想盡快逃離這個地方。

「麻煩你回答我的問題，好嗎？」

「……好。」

「新聞報導提到全著聯派來的臥底員工，你就是其中一個，只是為了調查三笠，才來到這間分校。YES？」
「是。」橘想說得堅定，聲音卻帶著顫抖。
「你來上我的課，也是為了調查？」
「對。」
「要打贏官司，應該需要一些證據。對了，比方說課程的錄音或錄影，你每次上完課，都會向公司繳交那些證據？」
「……我從來沒有錄影。」
「換句話說，就是有錄音了。」淺葉終究笑出了聲，橘緊張得幾乎要作嘔。他的視線逃向琴房的地板，只見地上擺著兩把大提琴。
我只是想平靜地，在這裡奏響大提琴。
「我大概明白狀況了。所以你會努力和我，和花岡大姊、梶山大哥他們打好關係，也是基於分內工作？」
「不是。」橘從喉頭擠出答覆。「怎麼不是？」淺葉噗哧一笑，頭倒向一邊。他的舉動如同喝醉酒，甚至更誇大。
「你說不是因為工作，那是什麼？你沒必要特地為這個問題撒謊吧？沒意義。」
「我沒有說謊……」
「你為什麼這麼害怕？」
何必這麼驚恐？淺葉厭煩至極的神情微微蒙上陰影。

夾帶輕蔑色彩的眼神投向了橘。橘感覺到，自己最害怕的事物從天而降。

「不准露出那種表情，好像你才是受害者。現在受傷的人是我。你滿嘴謊言，把別人捧上天。什麼區公所員工，什麼想拉流行音樂？你當然想了，你只要拉一拉流行樂，就可以拿去當證據，讓公司賺上幾個億。你真幸運啊，碰上我這種好騙的講師。」

淺葉問他，幹這種事，到底是什麼感受？

「我不打算裝好人，但我絕不會欺騙別人。我甚至沒哄過女人，也從不討好那些有權力的人。我因為這個性吃過虧，但我心甘情願。嘴上說些言不由衷的話，只會扼殺自己的心靈。」

看來你和我不一樣，淺葉低喃。這一瞬間，彷彿有層薄膜碎了一地，清一色的氣餒席捲全身。深鎖在體內的陰影，宛如投出的大網，瞬間擴散。

人生的盡頭，也不過如此。

「我之前曾稱讚你有什麼想像力之類的，對吧？我收回那句話。你根本沒半點想像力，至少那些想像力，你從來沒用在別人身上。」

「滾出去。」淺葉命令道。無意義地虛張聲勢，脫口而出：「我本來就會離開，用不著您說。」橘正要離開琴房，下意識又仰望了牆上的時鐘，在這裡養成的習慣已經在體內生根，令人生厭。

也許是自己缺乏想像力，感覺仍難以跟上現實。

他誤以為，下星期自己再打開這扇門，會一如往常地開始上課。

「那個……雖然最後再說這話也無濟於事。」

橘暫時關上房門，以備等會可能迎來的怒吼。

「音樂大賽，希望您能多加油。」

「是要我加油個屁啊，混蛋！」

淺葉用力踢飛椅子，巨響頓時響徹琴房。

橘隨即來到走廊，走廊上充滿樂器的聲音。對面、隔壁的每一扇琴房門內，隱隱傳出各式各樣的音樂。

穿過圓弧狀走道，來到寬廣的大樓梯，視野忽然開闊起來。橘俯視華美的大廳。

一見到這景象，全身頓時氣力盡失。

「啊，橘先生。」

您已經上完課了？一旁傳來明亮的嗓音，橘望向休息區，是佳澄。對方的態度一如往常的親切，橘不禁懷抱起任性的妄想。也許時間已倒退到前不久。

另一方面，腦中仍不停迴盪著那聲巨響，一切幻想逐漸瓦解。

「您看了剛才的訊息了？現在是梶山先生幫忙策劃下個月的『薇瓦奇』聚會。想說也許月初大家還有機會調整行程。我應該是沒辦法去，橘先生您……」

佳澄說到一半，問：「您怎麼了嗎？」橘這才驚覺，自己已經無力偽裝，撐過與佳澄的對話。自己究竟多窩囊，居然讓小自己這麼多歲的女孩子操心。

「我也沒辦法去聚會。」

「是嗎？您工作忙的話，沒關係……」

「還有，很遺憾，我沒辦法去看合奏團表演了。」

「咦？」

「佳澄，考試加油。」橘拋下這句話，走向電梯，按下按鈕，電梯門也同時敞開。抵達一樓之後，他快步走過擺滿銅管樂器的樂器店展示櫃，走出大門時，外頭仍下著雨。柔軟雨腳沙沙落下，淋溼夜晚的大道、來去的車輛。

橘發現自己忘了拿傘，但他已經無法回到三笠。

橘拿出手機，點選層層疊起的通知，通訊軟體顯示在螢幕上。他進到謝師派對的成員一覽表，一一封鎖每個人，接著退出群組，手上的手機登時輕得像要飄起來。

不合季節的寒冷，使得抓住西裝外套的手不住顫抖。

這一晚，橘久違地夢見那深海的夢。

一切的一切都漆黑無比，而在那黑暗中，已經聽不見任何樂聲。

5

好的，這下讓人難睡的季節終於來了。各位聽眾過得如何？我啊，之前買了新的七分睡褲喔。當初買得很衝動，穿起來卻舒服得不得了。睡覺的時候感覺很讚啊。清清爽爽，不卡腳。以前我可是穿著運動服睡覺，而且是學生時代穿的運動服。現在就比較重視舒適度了。我也長大了耶。那麼，我們來到本週第一封來信。

來信暱稱——

都會有這種煩惱啦。我懂，我很懂喔。我家孩子也一樣啊。他現在已經是三十幾歲的大人，還會嫌烤肋排很鹹，但他國高中的時候，做便當麻煩透了。一直喊著肉肉肉，但做父母的還是會擔心孩子營養均不均衡。

等等，這是驚喜？我都不知道。騙人，我不相信。我一直是粉絲耶，喜歡很久了。

於是，常去的拉麵店關門了。我真的要死了，真心想死。

橘隨著通勤電車左右搖晃，不停切換廣播軟體的頻道。所有頻道聽一聽，馬上就覺得刺耳，他最後切換到多益的學習軟體。耳機開始播放商業會話，分不清是美式英語還是澳式英語，緊接著，意識忽然開始迷茫起來。尖峰時間的人口密度擠到令人作嘔，盛夏的冷氣落在眾人頭上。

出乎意料，自己很快就習慣沒有大提琴的生活。

橘把樂譜和琴弦收進衣櫃深處，再也沒碰過。他扔掉附近的卡拉ＯＫ會員卡，也很習慣沒有大提琴的房間景象。平日夜晚、假日無事可做，但要自己打發時間倒也不難。玩玩手機遊戲，洗一洗堆積的衣物，偶爾去健身房游泳，瞬間就能耗掉閒暇時間。對於一個沒有像樣的興趣，也不加入特定團體的人，現代社會活起來輕鬆舒適。

他心想，就只是回歸兩年前的生活罷了。

自己只是恢復原狀，並沒有失去任何東西。

時隔十幾個月，再次拜訪失眠門診，診間和以前一樣，沒有任何改變。

「您之前有一陣子不需要安眠藥就能入睡。最近失眠症狀卻突然復發？」

橘表示自己手邊的藥差不多要吃完了。「那我會開一樣的藥物給您。」醫師輕巧地敲打鍵盤。短髮耳邊露出耳環，耳環造型依舊誇張。

「您的工作又變忙了？」

「工作狀況算是相反。」

工作量比以前少了。「治療上最困難的，還是不知道什麼原因害您失眠。」對方聽見橘的低喃，隨即回以和善的笑容。那是訓練有素，醫療人員特有的笑容。診桌前方，龜背芋的寬大葉片呈現鮮豔的深綠色，宛如人造物。可能有人天天都在擦拭葉片。診間內安靜無聲。

眼前的景象，和自己最後來拜訪的時候相比，毫無變化，一股神祕的感覺席捲了橘。龐大的時間之流，彷彿中間有了空缺。

他怔怔地坐在失眠門診的圓椅上，不由得心想，自己去三笠音樂教室上課的日子，是不是只是一場夢？

「畢竟周遭環境的變化，不論正向、負向，都有可能造成壓力。我們還是暫且藉助藥物協助，繼續觀察狀況。」

對了，橘先生，您還在繼續彈吉他嗎？醫師又問，橘抬起頭：

「……您居然還記得。」

「還是其實不是吉他教室，是鋼琴教室？因為您之前開始學音樂，失眠症狀就改善了，我印象很深刻。」

「我前不久就不再去了。人際關係出了問題。」

「啊，原來是這麼回事。」

自己之所以不再去三笠上課，並非人際關係的緣故，純粹是因為他不需要繼續臥底。雖然最後的最後發生了意外插曲，的確瓦解了當時建立的人際關係。

「您又開始產生失眠症狀，也許是因為不再學音樂。已經學樂器學了這麼久，真是太可惜了。要不然，您可以試著接觸其他吉他教室？」

其他教室？橘回問，醫師親切地附和對呀。

自己學的並不是吉他，也不是鋼琴，而是大提琴。先不論臥底調查的事，自己之前應該確實糾正對方，說清楚自己學的是什麼樂器。

就算不當間諜，他也是滿嘴敷衍。

「假如您並不討厭彈吉他，要不要試著再開始學？難得之前持續了好一陣子，就這麼放棄，很可惜。」

您說得對。橘悄聲說，凝視著診桌另一頭的小窗。從這個角度只看得見隔壁大樓的牆壁，卻意外照得見陽光。

七月某日，東京地方法院內召開第二次口頭辯論，當下進行了證人訊問。等到橘結束工作，各大新聞網站已經刊出相關報導。

當天晚上，橘和離開法院的三船，約在公司附近的餐廳見面。這間義大利餐廳位於住宅區內，深受公司同事好評，不過下班時間過後，店內很少看見全著聯的員工。

「你要選哪種飲料？」

我想喝紅酒。三船說著，把飲料單遞給橘，橘一秒回答烏龍茶就好。三船聞言，語帶疑惑地說：「你不喝酒？」

「我現在有在吃藥，不太適合喝酒。」

「是嗎？」

橘原以為三船會調侃幾句，她卻直接收回目光。「要選義大利麵，還是排餐？」她慢慢翻看皮革封面的菜單，指尖塗上鮮亮的指甲油，但她精心挑選了接近膚色的顏色，乍看之下並不顯眼。

從三船無懈可擊的外貌，很難想像她會表現出那天在逃生梯間的模樣。三船主動提議，證人訊問之後要不要聊一聊。橘也很在意官司狀況，隨即用公司內部信箱回信。

假設當初按照計畫，今天本來是橘以證人身分出庭。

「橘，你會把西裝治裝費列入報稅細項？」

她忽然間沒來由地提了話題，「聽說上班族也可以向公司申請治裝費。」橘聞言，不禁疑惑，她想說什麼？

「不會……我沒有特別想申請公費。」

「其實我也可以穿手邊的衣服出庭，但我為了今天，特地買了身上這套西裝。」三船微微轉了上半身，指向掛在椅背上的深藍色夏用外套。聽她一說，橘這才發現她的衣著不同以往。以前在公司見到三船時，她總是穿著白色系的服裝。

「我從來沒打過官司，更別提出庭，不小心就太正式了。聽說報社、週刊記者都派人來旁聽，我也不清楚有多少人會盯著我瞧。我可不希望有人從奇怪的角度，看到我的破綻。」

妝點完美的唇浮現笑容，「這類費用絕對算是公費，我一定要確實申報。」這話題拿來當進入正題前的閒聊，未免有點古怪。

飲料先送上桌，兩人總之先乾了杯。

「出庭辛苦了。」

橘正經八百地慰勞對方，三船噗哧一笑，問：「我們這算是什麼聚會呀？」她纖細的頸子微微斜了斜，嘻笑道：「間諜夥伴小聚會嗎？」

「證人訊問，狀況怎麼樣？」

「很累人，我已經累翻了。參與官司期間，我真心不懂自己到底在幹什麼。全著聯的員工多達五百人以上，為什麼偏偏選到我？我大概暗自埋怨了一百次，怎麼不是你來出庭。」

「……不好意思，讓妳代替我。」

「也不需要你跟我道歉。」三船又是嫣然一笑。橘在上班時間看到的三船，笑容形同銅牆鐵壁。她這抹笑雖然不太一樣，倒也不像她私底下的表情。

「橘，你是什麼時候被通知要去臥底？」

「兩年前的五月。」

「那我還比你早去三笠上課。」

三船語帶批判，為橘揭露了真相。這計畫明明是偷神樂坂派的點子，搶功勞也搶太快了。

鹽坪說得沒錯，的確是鹽坪這派先設計好去三笠的臥底計畫。

「三船，妳是赤坂派的人？」
「怎麼會？」
三船緩緩拿起紅酒杯，靠向脣邊。「我這種新人基層，怎麼可能搬出派系大名？」橘也拿起茶杯，不過杯裡是烏龍茶，喝起來無趣，沒辦法裝模作樣。
「我參加過幾次赤坂派的會議，但也僅止於此。換我問你，橘，你是神樂坂派的正式成員？」
「我只是遵照主管命令，每週去三笠上課罷了。」
「我也差不多，根本不清楚詳細計畫。」
不過，三船比橘更清楚組織的內部權力狀況。
「什麼什麼派，說得好像很偉大，其實只是員工組成的小團體。辦公室政治聽起來好聽，結果不過是分組競賽。居然有這麼多人認真投入，我覺得他們真的很奇怪。但說歸說，不久前的我也有點怪怪的。」
主管叫你長期去三笠臥底的時候，你是怎麼想的？三船問道。橘低聲回答，自己很不情願。當時最直接的感想，直率地脫口而出。
「……你其實挺正派的呢。」
「咦？」
「你其實不如外表冷酷，還是有良心嘛。」
對方突如其來的評語其實有點失禮，但橘有點遲疑，不知道該不該主動反駁。

橘答道我並不是因為良心苛責，才討厭去臥底。是喔？三船淡淡應了句，移開目光。

並非討厭卑劣的手段，才不想去三笠臥底。他只是害怕再拉大提琴，想逃避一切。現在回憶起來，自己接下任務後，走了好長遠的一段路。

他以為一路累積的歲月有了空白，然而空白的時光卻帶來一個大變化。

橘在路上瞧見大提琴盒時，再也不會受焦慮、恐懼所擾。

「我接到臥底調查的時候，其實有點開心。」

像是上級終於認可自己的能力。總務部的美人望向夜晚的窗外。餐廳對面是一棟獨棟房屋，可以看到大門處圓滾滾的燈光。

「現在回想，我真的是很膚淺，我以為自己被提拔了。畢竟接到任務，跟沒來由地被帶去接待外賓完全不一樣，是不是？我剛開始真的是莫名有幹勁，一心想著要拿出成果。」

三船又說：「對了，我之前不是約你吃午餐，約了好幾次？」對方突然翻出往事，橘不知該如何反應。他本以為三船對自己有好感，從現狀來看，自己真是傻瓜一個。

「你覺得，我為什麼要約你？」

「我之前以為……妳只是純粹約我去吃午餐。」

「我其實早就聽說，神樂坂派的間諜會是你。我覺得很有趣，所以想探探你那邊的動向，結果你完全不給我機會，我好吃驚。」

你的女友也在公司裡？橘聽三船這麼猜測，只含糊其辭地否定。美女信心十足地笑道：「那就奇怪了。」

「我知道橘去三笠上課，是因為動機和我一樣，我才想找你套套話。本來只是想問你課堂上的事，你那時候卻完全不告訴我自己在學大提琴。就算和別人提到自己在三笠學大提琴，別人根本不會猜到你為公司官司去臥底。」

橘忽地想起兩人之前在公車站的情景。他現在知道三船當時只是在戲弄自己，也理解當時莫名其妙的狀況。

義大利麵上桌，再次倒滿紅酒之後，三船綾香問：

「橘，你在三笠的課堂上，學過什麼曲子？」

橘低聲回答，自己用了像是流行樂曲大全集的樂譜。三船聽了，神情忽然變得柔和。橘不禁聯想到之前在逃生梯間裡撞見的，三船純真的神情。

「我一開始是用刊了電影配樂的樂譜，是流行樂。」

「電影配樂啊，真好。」

「學了一陣子之後，又開始學小野瀨晃的名曲集。」

老師人如何？三船的問題直中核心，喉嚨深處彷彿被鉛球堵住，胸口頓時一陣難受。

「老師人很好……大提琴琴藝很精湛。」

「他很溫柔？」

「上課指導得很嚴格，但個性很親切。」

「真好，我的老師是個很難溝通的阿姨。」

三船輕捂嘴邊，笑著說：「老師講話很高音，總是喋喋不休地問我『有沒有聽懂』。」她嘻嘻竊笑著，像個天真孩子。

不知不覺間，兩人停下手上的叉子。

「她個性很果斷，又沒什麼表情。我一開始還覺得很倒楣，居然碰到一位看起來很麻煩的老師。可是她上課很積極，教法很好懂，面對我一個外行人，總是很認真教學。我吹得好，她也會稱讚我。」

三船的目光流暢地滑過半空中，停在某一點上之後，她忽然板起了臉。橘認為，這是自己第一次見到見到三船毫不掩飾的面貌。

「說到官司。」

「……怎麼樣？」

「三笠方有四名證人，全是長笛講師。我覺得對方知道我的資料，才刻意派出這群人馬。我的老師也在其中。我剛和老師對上眼的時候，罪惡感逼得我全身起雞皮疙瘩。但說實話，我當時根本沒心情管自己的內疚。我和律師練習過答辯，我當下只擔心自己沒記熟答辯內容。當時聯盟高層也到場，我緊張得很。由於原告證人要優先作證，之後才輪到我，我根本不記得三笠方陳述了什麼內容。但是等到老師開始作證，我感覺自己的心臟漸漸開始凍結。」

曾吹奏長笛的雙脣，隱隱發顫，「你知道我老師說了什麼嗎？」

「她說，老師與學生之間存在信賴，存在情誼，彼此的關係是綁定的。這一切，無可替代。」

三船的女低音平靜地，不帶感情的呢喃，「我那一瞬間，覺得自己的一切都骯髒不堪，真的討厭極了。」

橘目睹那讓人毛骨悚然的表情，不禁陷入錯覺，彷彿自己正在面對一面鏡子。

「我有點訝異。她身在這種場合，有必要說這些？連我這外行人都知道，她的道理不適用於法庭。三笠就是一間坊間音樂教室，誰都能進去上課。也就是說，教室的學生是不特定多數，不管人數多寡，教室內就屬於『公眾』。這場官司就是建立在上述邏輯，怎麼會現在還在訴諸情感？她提起這些肉眼看不見的道理，究竟能起到什麼作用？我覺得自己接下來作證作得很順，我很擅長這些。比方說我是什麼時候，在什麼狀況加入會員，上了什麼課程；老師使用哪些樂曲授課，我接受什麼樣的指導；甚至包括我的想法、感受，全都仔細作證了。我也提到，老師的長笛技巧有多精采，深深打動了我；還有實際在眼前聆聽老師演奏，甚至媲美音樂會，讓我起了雞皮疙瘩。我正視前方，完整說完證詞。」

三船囈語似地低喃：「我一直在思考，我為什麼要買新西裝？」

「橘，這場間諜夥伴小聚，你是我唯一的同伴，我想問你一個問題。」

「……好。」

「我做了壞事嗎？」

我的行為，算是背叛老師嗎？三船再三確認，用詞直接，狠狠挖空了橘的心臟。

「兩年，真的好久，對不對？我們的兩年，太沉重了。那些高層以為的兩年，和我們度過的時間完全不一樣。」

「換成我的話……」

橘在最後一堂課犯了傻，讓三笠的講師知道，自己就是全著聯的員工。他主動坦承，三船緩緩抬起目光。

他並未向鹽坪報告，淺葉已經得知自己的身分。

「好不容易逃過出庭，卻因為無聊的小意外暴露身分。我的老師氣瘋了，氣到不能再氣。他痛罵我，說我沒有半點想像力，至少我的想像力從沒用在別人身上。我覺得他沒說錯。剛才也是，三船是不得不上法院，我還在妳面前說什麼好不容易逃過出庭，真的很沒同理心。」

看淺葉踢飛琴房的椅子，橘當下便明白，背叛他人的信任，就是這麼嚴重。他一提起這件事，腦海便生動地重現當天的景象。

「我和妳一樣，去三笠上課，當了間諜。假造身分，每次一邊錄下課堂上的聲音，一邊若無其事地和老師談天。我甚至還參加他旗下學生的聚會，不只騙了老師，更欺騙許多人。我的老師提到那則報導的時候，曾經這麼說過。一個老師被學生背叛，以後就再也不敢相信別人了。他說得真對。這種事只要遇上一次，老師就會害怕收新學生。」

我們的舉動，影響就是這麼深遠，橘果斷地說。良久，三船抖動著肩膀，低聲笑了起來。

「我感覺快瘋了。橘，都怪你說得這麼嚴肅。」

「那個……我並不是在責備妳。」

「總之你就是這個意思吧？我們做錯事，背叛別人。無論拿什麼當藉口，這就是鐵錚錚的事實。事到如今，再反省也於事無補，我們沒有機會謝罪，真的向對方道歉，他們只會覺得困擾。」

「抱歉，我說話不經大腦。」橘道了歉，得到一句毒辣的回覆：「你真的很沒有想像力。」三船轉著叉子握柄，在冷掉的義大利麵上轉了一圈又一圈，「但至少比別人拿一些無趣的發言安慰人，要好得多。」

窗外寂靜無聲，沒有任何人路過。

「其實我們這類反省大會，應該可以歪到奇怪的方向去呀？」

奇怪的方向？橘也重新捲起義大利麵。三船拿起紅酒杯，說：「該說奇怪，還是無藥可救呢？」

「像是『我們又沒有錯』，或是『終於給三笠好看啦！』之類的。」

「原來，是這個意思。」

「可是我很討厭這麼態度。我男朋友就這麼厚臉皮。」

橘半是好奇地問三船男友的職業。三船回答是足球選手，橘登時驚訝地抬起頭，她又冷冷地說：「但他只是二軍。」

兩人走出餐廳，看見大道旁的公車站，三船忽然活潑地面向橘：「我的車要來了，就在這裡等吧。」夜晚的目黑大道車流量少，來來去去的車輛不多，兩人輕易來到對向車道的另一頭。

橘無法順利解讀三船這時的表情。

「橘，你也辛苦了。幸好你陪我聊官司的事。」

「妳才是，今天真的辛苦妳了。」

間諜夥伴小聚會，就此解散。全新外套掛在女子手上，她露出脆弱的笑容。這當下，橘感覺心弦被某種詫異感用力撥動，公車的強光從遠處逼近，打亂了橘的思緒，他下意識遠離了原地。

他們的日子不如電影，也不同於週刊報導，將會平凡無奇地持續下去。

「官司已經平安結束，我會忘記在三笠發生過的事。我也許會失落一陣子，沮喪、再沮喪，到最後就能全部忘記。我得將討厭的記憶放水流，盡快回歸現實。畢竟明天還有工作要做呢。」

在網路上搜尋「全著聯」三個字，社群網站上仍然討論熱烈。

「橘，演奏部來電。」

距離上班時間還有幾分鐘，其他部門早早就來電洽詢，橘將手機蓋放在辦公桌上。才剛拿起電話話筒，瑣碎的問題接二連三丟來，腦袋實在跟不上。

橘又開始夢見深海，越來越常被惡夢驚擾。

「是，我確認之後會再回覆您。您方便收電子郵件的話，就用郵件回覆您。」

他按了按眼頭，驅趕纏人的睡意，手伸向罐裝咖啡。睡前服用的安眠藥藥效似乎延續到早上，他又開始離不開咖啡因。

「今天的會議時間有變。」

磯貝小姐下午要外出。橘聽見湊的告知，點頭表示明白。他這時差點打呵欠，趕緊吞了口口水。

「喂，你聽說三船小姐那件事了沒？」對方問起，橘貫徹一問三不知的態度。

「就是聯盟和三笠的官司。推特上面燒了很久，聽說現在連綜藝新聞節目都在報這件事。」

「鬧得真大。」

「而且週刊還刊追蹤報導。三船小姐的長相、名字沒有曝光，但她應該很害怕吧？她這週整週都請假，該不會是因為報導？我好擔心她啊。」

這人到底在向誰爭取印象分數？湊的語氣像在故意凸顯自己的體貼，很可笑。

他在這裡賣力表演，也不會傳進三船耳裡，就算他的心意傳達給三船，想必也改變不了什麼。

橘感覺腸胃在翻滾，從辦公桌抽屜翻找胃藥。用罐裝咖啡將藥錠沖進嘴裡，藥錠卻卡在喉嚨深處，難受極了。

橘收到鹽坪的電子郵件，要他到地下資料庫報到，他當下就做好受懲處的準備。

「今天要拜託你做雜務。抱歉啦，在你正忙的時候打擾。我要麻煩你整理書架。」

鹽坪拜託橘把一處老舊紙本資料的標題列出，轉成電子檔，但他不認為這件工作就是鹽坪的主要目的。鹽坪單純告知工作，其實可以只發電子郵件。他特地來資料庫見自己，肯定有別的目的。

地下資料庫的通道旁，已經準備了握把脫屑的小推車。真要把這角落所有資料搬到三樓，工作量並不少。橘想到自己得一個人做這些，就更加鬱悶。

橘從書架取下檔案，開始堆上推車。良久，鹽坪開了口——

「你看新聞了嗎？有沒有看到三船綾香上法庭作證的報導？」

一如臥底調查報告的時候，矮小主管背對潔白的牆壁。日光燈的光線反射宛如虛線，點點照亮他腳邊的地板。

橘回頭望了鹽坪一眼，隨即又面向鋼製書架。

「您說報導的話，我大致讀過網路上的報導。」

「她似乎是四月中旬離開三笠。她比我們早一步整理好報告，提交給高層，真是能幹。真要說我該反省什麼，就是讓你潛入太久了。沒必要硬是臥底整整兩年。」

睏意沉重地盤旋，壓抑逐漸加快的心跳。橘一次搬起數本厚重的資料夾，堆上推車，接著手再次伸向高大書架的上層，眼前的景象驀地勾起令人懷念的記憶。三公尺，究竟有多高？

「話又說回來，橘，你把錄音筆收去哪了？」

對方問起尚未歸還的物品，橘停下動作。

「我忘得一乾二淨……錄音筆在我三樓的座位上，稍後立刻歸還給您。」

「那真的是我當初給你的錄音筆？」

該不會，你要還我的其實是新筆，裡頭沒有任何資料？鹽坪追問。橘又一次回頭望向鹽坪。

對方面具般的淺笑，夾帶從未有過的緊繃。

「公司的共享資料夾裡，那些你在三笠錄好的音檔，全都消失了。電子郵件的往來紀錄也被刪除。備份用的硬碟也整個被調包，產品序號根本不一樣。這是怎麼回事？」

「您的意思是，赤坂派動手毀損資料？」

「橘，你少給我裝蒜！」

辦公室內從未耳聞過的怒吼，響遍幽靜的地下空間。橘卻毫不猶豫，一臉嚴肅地回望鹽坪。

異常糾結的睏意，逐漸干擾橘的理性。被懲處又如何？他已經什麼都無所謂。自己什麼都沒了。

假如自己只剩公司、自家，兩點一線的人生，這種人生存不存在，毫無差別。

「我沒有裝蒜。既然我們的臥底資料莫名消失，不就是赤坂派下手？」

「你想堅稱自己的清白，是你的自由。但假如你歸還的錄音筆裡找不到三笠的錄音檔，我會向實地調查委員會上報你的行為。」

鹽坪威脅橘，視狀況高層會下達懲處。橘下意識瞪向鹽坪，如蛇一般的細眼微微瞪大，他似乎很意外橘的舉動。

真是太遺憾了，橘。單邊臉頰不自然地揚起。

「毀損重要資料、偷竊機器，我可以報警抓你。」

「您要報警，我無所謂。」

報了警，媒體會鬧得更大。橘知道，鹽坪更火大了。橘感覺自己擊中對方的痛處，獰笑道：

「全著聯還在話題風頭上，又爆出內部員工毀損資料、盜取數位裝置。假如事情鬧大，消息肯定會外洩，到時輿論就會關注，那份被刻意毀損的資料究竟是什麼？全著聯派遣的間諜其實不只一人，還保有證人訊問時未提出的課程錄音檔。這條新聞足以讓社群網站再熱議一陣子。」

現在連全著聯的正式會員，都開始質疑我們的做法不妥，您在這時機報警，應該不太妙？橘趁勝追擊，眼前的男人目瞪口呆，開口問：

「你到底是……」

「您就放棄上報實地調查委員會，這對我們都有利。」

畢竟企圖毀損資料的是我，但是鹽坪先生，您設定的密碼，連我這種心懷不軌的傢伙都能破解。鹽坪聽到這，終於失聲笑了出來。無力的嘻笑聲，傳遍蒼白的地下室角落。

這聲響近似於嗚咽，聽起來格外哀戚。

「的確是我有失誤，是我不該跟你提起《皺鰓鯊》。我太大意了，沒想到隨口聊到的往事居然狠狠絆了我一跤。就是因為這種事……」

他人一點都不值得信任。鹽坪神情堅決地低喃。這句話宛如詛咒，又如同化開的蜜糖，緊黏在橘的心底。

「從結果來看，先後派出兩名間諜算是上策。我沒想到居然會被你背叛，落得被赤坂派幫一把的下場。簡直像是被養久的狗狠狠咬了一口。」

「真是非常抱歉……您明明很欣賞我。」

鹽坪向橘宣告，收回將他迎入神樂坂派的決定，橘深深鞠了躬。空調似乎對內外溫差起了反應，空調聲突然放大音量。

橘很想睡，想睡得要死。他簡直隨時都會倒下。

「三笠到底用什麼方法籠絡你？你刪除課程的錄音檔，之後又能怎麼行動？」

兩人離開地下資料庫的最深處當下，鹽坪這麼問了橘。橘現在聽人問起，其實連他都不清楚自己的打算。自己真心以為，只要毀掉所有證據資料，拒絕出庭，就能改變結果？三船又是否曾起過相同的念頭？

橘想起她提到的，長笛講師的那番話。

「聽說音樂教室內，存在信任和情誼。」

橘說著，手再次伸向高聳書架的上層。他的手伸得再長，也無法觸及三公尺的高空。

弦音，卻能輕易觸及比手更高的天際。

「音樂教室的學生與講師之間，世上存在彼此綁定的強韌連結，無可替代。這是我在新聞報導讀到，對造講師的證詞。但我並不清楚，世上是否真的存在這麼堅定的關係。」

橘出社會之後，第一次在平日睡過頭，一覺醒來，時間已來到下午。當他驚覺，窗簾隙縫灑落的陽光類型不同，便茫茫然地心想，自己的狀態可能真的不太妙。

橘通知公司今天缺席，不自覺打了電話到失眠門診。對方告訴他，今天正好有人取消門診，三小時後有空診。他預約了門診，發現全身一點一滴地放鬆。

他掛斷電話，暫時無力地躺在床上，獨自一人的房間，很是寂靜。

「我還想說您很少預約這個時間，原來是這麼回事。」

睡意重到平日早上起不來，這滿傷腦筋的。戴耳環的醫師點了點頭，橘也苦惱地低說，自己真的很傷腦筋。與醫師簡單對話，心情稍微輕鬆了一點，但他感覺自己好像沒有更多話想告訴醫師，不禁覺得慚愧，自己居然大費周章跑來醫院。

他心想，自己只是單純想聽別人回應自己，是不是很奇怪？

「看來是藥效太強，我們需要減藥了。但還需要配合入眠需求，總之先減一半，再觀察看看。」

「一半？」

「是，您現在服用的是兩顆，從今晚開始就改為一顆。」

一顆啊。橘複誦了醫師的話，感覺對話早早就要結束了。需要診斷的部分已經說完了，自然要結束看診。但自己若是直接回家，感覺什麼都無法改變。

他想聊天，說什麼都好。

不管話題，天氣也好，新聞也罷，他就是想和人說些什麼。

「……您知不知道，有一種樂器叫做大提琴？」

橘沒有任何開場白，開口問道。醫師晃著正方形的耳環，神情略帶訝異。但是在橘退縮之前，醫師立刻回應：「我知道。」

「就是很大，像小提琴一樣的樂器，對不對？要坐在椅子上拉的。」

「我其實之前學的樂器不是吉他，也不是鋼琴，是大提琴。」

「原來，大提琴很不錯啊。」

醫師又繼續延續話題，「您都拉什麼曲子？」橘一聽，頓時感覺眼前一片開闊。彷彿戶外的空氣吹進屋子，氧氣漸漸填滿頭腦。

他第一次向這位醫師提起自己的私事。

「我喜歡巴哈，但我在教室上課的時候，是學小野瀨晃的曲子。」

「小野瀨晃給我的印象，的確都是用弦樂器。最近好像有車子的廣告也用了他的曲子。我也喜歡那位音樂家的作品。」醫師說。

「大提琴是弦樂器，要能拉出不帶雜響的琴音，很困難。右手的運弓技巧，遠比左手按弦的技巧更重要。但是我很神經質，總是太過專注在遵循旋律的軌道，忽視運弓，老師常常罵我這個缺點。」

話語之所以能如泉湧，是基於自己對眼前醫師的信任。然而，是別人賦予橘新的選項，讓他可以選擇相信別人。

究竟是誰讓橘明白，自己的話語其實有意義？

「我想換個話題。醫師，您會作惡夢嗎？」

橘低喃道，提到自己最近又開始因為惡夢睡不好。醫師這時向前湊過來，彷彿在喉嚨深處窺見閃爍光芒的魚刺。「您作了什麼惡夢？」橘聽了問題，眼神不停游移，像在描繪看不見的迷宮。

「是，深海的夢。」

「您是夢到溺水了，還是？」

「我夢到自己身在黑漆漆的地方，動也動不了。我覺得那是深海，但我並不知道那裡是不是真的是海裡。我從小就一直夢見同一個夢，一開始並不是在海裡。我剛開始作夢，夢裡的自己是待在夜晚的巷子，但是那巷子越來越黑，後來就什麼也看不見了。」

橘詢問醫師，人如果受了特殊的打擊，會像這樣惡夢作不停？醫師謹慎地回應：「我覺得有可能。」特殊的打擊，這詞彙猶如迴旋鏢，打到自己身上，揭起古老的瘡疤。

他覺得自己很丟臉，一直受往事糾纏，害怕不已。

「我其實在小時候，曾經被綁架。」

不過當時是綁架未遂。橘繼續說，臼齒直發抖，喀喀作響。

「我晚上走在路上，突然就差點被拉進車子，完全不知道發生什麼事。那次是偶然逃過一劫，但恐懼仍然很具衝擊力。我在那之後，彷彿被不知名的焦慮附身，不斷夢見相同惡夢。這裡，這個世界，其實很不安全，每個人都不知道自己什麼時候會被拖進黑暗，對不對？我始終不敢輕信這個世界，一路活到現在。但我差不多到極限了。假如有方法可以治療這種恐怖和焦慮，不管是諮商還是什麼，我都願意接受治療。」

有血有肉的心靈沒了任何薄膜，徹底暴露出來，而那句話宛如音樂，從記憶中飄然落下。

你的故事一點也不遜，也不丟臉。

橘，那一切，錯都不在你。

「看您排除萬難把話說出口……辛苦了，謝謝您願意相信我。」

剎那間，視野忽然徹底開闊，一股稀有的感觸包裹著橘，彷彿眼前的一切都湊到面前。陌生的感觸，讓橘的世界戲劇性地變得寬廣。

橘像要確認自我是否存在連續性，俯視自己的手掌。左手指尖依舊堅硬，渾圓紮實。

九月中旬，天氣依舊炎熱，橘假日總是套著涼鞋。不過這一天，他是要去音樂廳，久違地穿上普通鞋子。

小野瀨晃的音樂會會場在上野，橘不常經過，所以提早了一點離開家。他走在住宅區狹窄的人行道，沒多久便全身是汗。他買到票的時候，以為公演當天已經入秋，但這狀況離秋天還遠得很。

橘在音樂會之前，耳機裡播起了小野瀨晃的曲子。他離開三笠之後，這是第一次聽起了《雨日迷宮》。

久違的大提琴聲入耳，橘還是覺得好聽。

他無意間仰望行道樹，細小的光暈，從葉片之間的大縫隙灑下。每走一步，四散的光暈隨之閃耀。

音樂會準時開場，T響的演奏家們各自準備就緒，小野瀨晃沐浴在全場歡聲中，走上舞臺。從二樓後方的座位往下看，偉大的音樂大師，細小如米粒。

小野瀨舉起指揮棒，全場頓時一片寂靜。

鋼琴的旋律猶如光點，引入大提琴的重低音。曾幾何時，自己極度害怕這犀利的旋律，以為樂曲映照出自己的黑暗面，擅自妄想，擅自害怕。

正如淺葉以前所說，《皺鰓鯊》其實是一首很華麗的曲子。

演出結束後，橘順著人潮走過音樂廳，忽然有人用力地喊了「請問」，他反射性轉過身。

「我看到您站在放簡介的地方，就覺得一定是您。」

好久不見了。佳澄氣喘吁吁，睜大圓潤的雙眼。女孩的眼神貫穿了他，一瞬間，劃破了孤獨的寧靜。

橘離開三笠之後，其實還不到三個月。

「佳澄……妳不是聽明天的場次？」

「我朋友臨時抽不出空，我換了票。我有想到，橘先生是聽第一天……」

佳澄的低喃漸漸轉為哽咽，但我沒料到真能見到您……原本逐漸淡去的罪惡感，漸漸恢復濃度。

他不要。

他不希望自己原本割捨掉的、那不安穩的世界，再次回到身邊。

「橘先生，您過得還好嗎？」

「……佳澄，妳呢？」

「我很好，大家也很好。但我覺得與其說過得很好，又有點不太一樣……」

佳澄說，自己從淺葉那裡聽聞橘的工作。橘不禁背脊一陣發涼。

單方面畫下段落的故事，以不合己意的形式，繼續編寫後續。

「橘先生，原來您是全著聯的員工。」

「嗯。」

橘簡短地承認，上臂一陣雞皮疙瘩。

他不想聽見任何消息，覆蓋掉自己在「薇瓦奇」的快樂回憶。他一點也不想知道，那些人得知臥底調查的事之後，是如何看待自己。

「大家很擔心您。除了擔心，心情也很複雜。梶山先生很生氣，但他是氣橘先生擅自封鎖我們。蒲生先生也常常唸著，不知道您現在在做什麼。花岡太太和我每次見面，也都會聊起橘先生。」

佳澄更說，淺葉老師一定也很在意橘。橘聽到對方搬出那個名字，心臟頓時揪緊。淺葉現在正在準備音樂大賽的預賽，應該沒心情想到橘。

事到如今，他還是很後悔自己多事。

明明只要付清學費，一週一次好好上課，就已經足夠做好調查。假如自己上課散漫又馬虎，淺葉也不會對自己有太多印象。為什麼自己偏偏要這麼積極、認真學習？

演奏大提琴，真的很快樂。

「……妳讀過報導了，對不對？」

「讀過了。」

「我和報導裡面的人不一樣，我是另一個臥底員工。我是為了調查三笠的上課狀況，才潛入二子玉川分校。因為全著聯需要內部的某個人上法庭作證，才能打贏官司。」

橘說得越多，聽起來越像無情的藉口。自己解釋得再仔細，也彌補不了自己犯下的過錯。

「在老師準備比賽的重要時刻，搞了這麼大的麻煩，我已經沒臉見老師，而且我也覺得很抱歉，不該把各位捲進這種事。我當初只是想去看看狀況，卻一次又一次去參加酒會……」

橘彎腰道了歉，佳澄卻說：「請別這麼說。」

「梶山先生說過，如果主管要部下做事，部下只能硬著頭皮做。在組織裡，無法貫徹自己的信念或理念。他說他懂你，上班族就是這麼渺小。」

「但不提臥底調查，是我自己決定要去參加『薇瓦奇』的定期聚會。你們不知不覺間，認識一個會登上電車廣告的案件關係人，應該也會覺得討厭。」

要不是自己魯莽地跑去「薇瓦奇」露臉，對他們而言，所有事情都只是報章雜誌裡的事。橘自嘲著，佳澄卻又一次說：「請不要這麼說。」

她果斷地否定了橘。

「請您不要……後悔認識我們。」

佳澄神情嚴肅地說，我們每次聚會，都很開心啊。

「我們的派對，每次大家聚在一起吃飯，很快樂啊。雖然不是每次都有什麼特別的活動，光是所有人齊聚一堂，就已經很高興了，不是嗎？至少我很快樂。其他人一定也覺得來聚會很開心，才每次特地配合其他人調整行程。」

佳澄喊著：「我還沒出社會，不懂工作，也不瞭解橘先生的工作內容。但我覺得等到事情發生，才說一開始不要認識我們之類的，我覺得這一點也不對！」橘看著女孩一口氣傾吐所有話語，很是驚訝。

他第一次見到佳澄如此激動。

「我考上了。」

「咦？」

「公立幼兒園的教師徵選，我上榜了。」

佳澄順勢說著，她原本以為筆試一定沒希望，卻留到了面試，順利考上了。橘聽得一愣一愣的。

「妳是說……之前提到只有百分之五機率的那個考試？」

「對，我不太會念書，本來以為筆試一定會落榜。」

橘反射性向佳澄道賀，佳澄也回道：「謝謝您。」

「呃，這個真的是、很厲害……」

「我也覺得自己很努力，比考大學的時候還努力。我寫題庫寫到把題庫背起來，也一直重複做不懂的地方。」

您知道，我為什麼這麼做嗎？佳澄問了橘，但他完全沒頭緒。

佳澄像是知道橘會慌張，說話節奏漸漸平穩。

「是因為橘先生告訴我……公務員考試就是要反覆做題庫。您是在全著聯工作，其實並不是公務員，對不對？但我還是相信您的話，拚命地照做，結果就過了筆試。」

這不算弄假成真，但偶爾也會發生這種好事。佳澄緩緩移開目光。

那雙圓滾滾的大眼，覆上薄薄一層透明水膜。

「我雖然說梶山先生很生氣，其實我也很生氣。您以為封鎖掉聯絡方式，就能徹底消失嗎？橘先生封鎖了我們，大家還是記得您；像這次音樂會，我和您也是在會場巧遇；還有我因為您的話考過考試，您也不可能把話收回去……」

您要不要回來二子玉？橘一聽，頓時覺得雙腳一陣軟。

「都發生那些事……我不可能再回去。」

「可是，橘先生又沒有出席報導上的官司？」

「不是我有沒有參與官司的問題，而且老師不可能答應讓我回去。我最後一次去上課那天，犯了很愚蠢的小事，老師氣得踢飛椅子，我也直接離開了。」

「可是，淺葉老師並沒有向三笠的管理層報告橘先生的身分！」

老師說他沒有義務主動報告，但我覺得應該不只是他嘴裡說的那樣。佳澄拚命地說服橘，橘周遭的雜音，忽然入不了耳。

「淺葉老師正在努力。他在那天之後，一直請人代課。雖然誰都沒有聯絡上他，但他應該正在為音樂大賽努力。所以，該怎麼說，我講話跳來跳去，總之，我希望橘先生可以回來。」

原以為已經拋開的預定行程，轉了一圈，又回到眼前。

「您不敢回三笠上課，至少能來花岡太太的餐廳，對不對？我已經找到工作，接下來會加入大家，努力把曲子練好。我希望您可以來聽一聽，當作慶祝我考上。」

就算不是在這麼大的音樂廳裡演奏，她也會努力表演。女孩勇敢的話語就像在激勵自己，雙眸輕輕轉動。

「我絕對會做一場好表演，所以，請您一定要來。」

那挑戰似的眼眸，逼迫橘做出選擇。

上網搜尋了一下，馬上就找到「薇瓦奇」的官方網誌。頁面設計稍嫌落伍，而網誌最上方，刊了合奏團演出的細項。

上頭寫著「將提供三人樂團與大提琴合奏團的現場演出」。

橘改趴在床上，接著搜尋了「全日本音樂大賽」，網站已經發表比賽曲目。每一首，都是橘不認識的曲子。所有樂曲只標註了作品編號，看起來全都無比高貴，自己像是不小心偷看了另一個世界的面貌。

大提琴項目的決賽，辦在合奏團表演日之後。

假如淺葉順利贏到最後，橘就不會在「薇瓦奇」碰見他。

試著搜尋其中一首比賽曲目，找到一則交響樂團的官方影片。蕭斯塔科維奇（註12）的大提琴協奏曲。某國的獨奏家坐在舞臺正中央，背後是一整團交響樂團，胸前抱著一把美麗的大提琴。

音樂奏出第一聲之前的緊張情緒，令他回想起發表會當天聽到的故事。

註12　蕭斯塔科維奇（Dmitri Shostakovich）：前蘇聯時期俄國作曲家。

這就是身在駕駛艙的腦波。

天亮了，橘發現房間色彩漸漸轉白，他從床上起身，走向仍然陰暗的家門口。他從鞋櫃上方拿起錢包，從卡夾區拔出一整把卡片，尋找那張純白名片。

他順利找到皺巴巴的名片，上頭寫著樂器店的地址。

在從未去過的陌生車站，一座恬靜的住宅區內側，有一間小小的弦樂器專門店。這間店風格和三笠二子玉川店一樓截然不同，是一間個人經營的店鋪，比較不起眼。

從玻璃門瞧了瞧店內，現在沒有其他客人。天花板附近吊著一排小提琴，高大的架子裡也擺著幾把大提琴。仔細找找，店裡也有中提琴。

店面正中央，一臺木製吊扇緩緩旋轉。

店內不大，卻能感受到專業風格。

「有興趣的話，請進。」

有人從身後搭話，橘嚇了一跳。只見身後有一名高齡男子，手拿寶特瓶，他應該是老闆，剛從樂器店正對面的自動販賣機走回來。

「那個……可是我是外行人。」

「職業音樂家反而少來。你願意的話，可以進來看看。」

老闆戴著編得較薄的毛線帽，推開店門等著橘，橘也不好意思拒絕，便一邊行禮，一邊走進店內。

他感覺像是進到陌生人的家裡，不太自在。

「您學過樂器？還是正要開始學？」

橘回答自己稍微學過，老闆又問是小提琴嗎？他答道是大提琴。老闆說是大提琴，很好啊。皺巴巴的手轉開綠茶的寶特瓶蓋。老闆可能發現橘不太愛說話，之後就不再搭理。

櫃裡直立擺了幾把大提琴，每一把色澤都不同。有的接近焦茶色，有的泛著顯眼的紅。從側面一眼望去，渦狀琴頭展現了各個工匠的性格，算是新發現。

橘在大吊扇下方，止步不動。

他靜靜站在大提琴櫃前，良久，老闆說道：

「可以試奏。」

「呃、不。」橘下意識搖了搖頭，老闆卻站起身，說：「我可沒有打著如意算盤，要你試奏之後再來推銷。」老闆擅自問起橘要挑哪一把琴，橘只好順從地挑了其中一把。他剛剛一直很好奇那一把大提琴。老闆提起橘挑選的大提琴。

當老闆遞出琴頸，橘的緊張指數頓時飆高。

「那個……請問試奏是……」

「您就拉一首曲子，沒關係。現在沒有客人預約。」

老闆從店內搬來大提琴演奏椅，橘坐上椅子。

他把大提琴橫放膝上，調整琴腳長度，接著將琴腳直接刺進滿是坑洞的木地板。以琴腳為支點，撐起琴身，接著傾斜，讓琴頸靠向身體左側，樂器邊緣輕輕靠上左胸的老位置。

些微的接點，彷彿火花噴散，傳來一股熱度。

橘靜靜執起琴弓，還未實際奏出大提琴的聲音，他就感覺到氣息，音樂即將誕生的氣息。他緩緩拉起杜超威練習曲，音色宛如溫潤清泉，柔和地往高處延伸。旋律如同過往在大提琴教室看過的泉水畫，清澈、通透。純淨的弦音向上彈去，即將觸及小小樂器店的天花板。

運弓要輕，餘響要飽滿、延伸。

橘忽地憶起重要的提醒，擴展想像。

垂吊數把小提琴的店內，有一道空無一物的白牆。他在牆上創造一扇想像中的小窗，將泉水引向窗外。晶瑩透亮的清水緩緩前進，沿著小窗流向外頭。

橘的強項，在於你精確的想像力。

「真是美妙。您讓我聽到很棒的演奏。」

一曲結束，老闆拍響了手掌，橘赫然抬起頭。

「非常謝謝您……這真是一把好琴。」

「您要不要試奏其他大提琴，比較一下？我無所謂，距離下一個維修的預約還有點時間。」

橘鄭重地婉拒老闆的好意，接著詢問店內大提琴的價格。每一種樂器價格都不同。老闆隨後拿來親手製作的目錄。

「您現在手上有自己的大提琴？」

「不，我之前都是用出租的樂器。」

「那您也需要各種配件。大提琴盒除了店面擺的，還有很多種。您到本店的網路商店，就可以看到全種類，有需要可以逛一逛。」

老闆正要遞來純白的名片，橘啊地輕呼一聲。

「沒關係……我已經有貴店的名片了。」

「喔，是嗎？是在哪裡拿到的？」

「是熟人介紹您的店給我。」

「原來。」老闆欣喜地彎起嘴角。橘聽到一陣熱鬧聲響，望向店外，一個孩子帶著狗，盡情奔向眼前的道路。秋高氣爽的晴朗天空，在家家戶戶的屋頂上方，一覽無遺。

這一天，橘去了一趟DVD出租店，租了《戰慄的鰍鰓鯊》。

電影的故事沒什麼高潮。一名以色列男間諜潛入柏林，逐漸融入城市，就只有這樣。

男人偽裝成老實的郵差，在背後默默協助城市的點點滴滴。男人會應鄰居邀請，一起把酒言歡；孤老的太太有求於他，就前去幫忙各種雜務。而男人的下場，是被同伴射成蜂窩，失足摔進運河。

這個男人只有以別的身分生活的時候，會露出滿足的笑容。

電影並未直接描寫，男人是否後悔自己的人生。

6

全日本音樂大賽的第一次預賽辦在假日，官方網站上會發表通過預賽者姓名。橘好不容易做好心理準備，打開網頁，卻發現現階段不會公開選手全名，決心頓時撲了空。網站公布了選手編號，但橘身為外人，不可能只靠編號得知淺葉是否平安通過第一次預賽。

選手通過第二次預賽，確定進入決賽之後，網站會公布決賽選手全名。

第二次預賽當天是平日，橘一如往常地出門上班。

「那個，你這堆感覺有點可怕，還好嗎？」

磯貝去事務機影印完文件，回來看到橘的辦公桌上，紙本檔案堆得跟小山一樣，開口問：「其實還能維持平衡。」橘翻看手上的紙本檔案，老舊的手寫文字太難讀，他忍不住抱頭苦思。

要把地下資料庫的紙本檔案標題數位化，感覺做也做不完。他還得同時處理分內業務，這份工作完全沒進展。但工作本身並不算特別困難，把這當成處罰，未免太輕微。

兩人面談之後，實地調查委員會也沒有約談橘。

「難不成這堆工作全都得親手打成電子檔？找個打工人員隨便做一下不就好了。是誰叫你做這個？」

「鹽坪先生。」

橘老實回答，磯貝卻揚起一抹壞笑，說你被麻煩人物盯上囉。她看準話題人物不在座位上，盡情說起主管壞話。

橘心想，要不是鹽坪待在某個派系，他可能也是個孤獨的人。

「鹽坪課長很奇怪，對不對？該說他腦筋有點不對勁嗎？他超喜歡公司的，不是喜歡工作，是喜歡公司。現在又不流行對公司忠心耿耿。幸好我的工作內容沒什麼機會接觸他。感覺和他扯上關係，一定累死人。」

內側座位的日光燈一盞盞熄滅。「啊，要午休了。」磯貝從自己座位的辦公椅椅背，拿起薄針織外套。時間明明已經到了中午，橘卻下意識看了手錶。

今天傍晚以後，就會公布決賽出賽選手的姓名。

「要去買回來吃，還是出去吃呢？好猶豫喔。乾脆去附近那間義大利餐廳好了。你知道嗎？就是從大道那邊巷子，進去裡面有一間餐廳。」

不過橘都吃便利商店，應該不知道吧。磯貝留下這句話，沿著通道走去。橘一早喝太多咖啡，現在沒有什麼食慾。也許是腸胃狀況不好，胸口附近有種沉甸甸的感覺。

這時，橘看到手機亮了起來，迅速伸手拿起來看。

只是廣告通知。他不禁厭惡起自己，到底在期待什麼？

在上野的音樂廳遇見佳澄之後，當天夜裡，橘已經把謝師派對的成員解除封鎖。明知道自己該主動聯絡他們，他卻遲遲踏不出那一步。

光是想像合奏會當天的景象，心底就一陣波瀾。

時間來到傍晚時分，橘仍然提不起勇氣，去確認第二次預賽的結果。

「諮商的狀況如何？」

去失眠門診看診時，醫師關心道。橘卻浮現尷尬的笑。

同一間醫院裡附設的諮商室，有專門的諮商師進駐，並不是這位戴耳環的醫師直接幫橘諮商。前幾天，橘第一次在諮商室接受諮商，但是要他對第一次見面的陌生人傾吐自我，實在心有顧忌，沒辦法好好說清楚。他覺得有點浪費錢。

「那個……我有點感覺不到效果……」

「您之前是第一次諮商，對不對？諮商療法沒辦法立即見效，需要接下來有耐心地治療。任何事都需要花時間，希望您別太焦急。」

「請問要諮商幾次，才看得出效果？」
「嗯……這其實很看個人……」
橘半掛著笑，低聲說：「我很小氣，也許沒辦法持續太久。」醫生也跟著笑道：「是嗎？」諮商是自費療程，六十分鐘就要價一萬日圓，假如效果不明顯，橘不太願意長期負擔這個金額。
他昨天又夢見深海，也沒有改掉猛喝咖啡的習慣。
「不過單就我的印象，我覺得橘先生的氛圍和我第一次見到您的時候，已經變很多了。」
橘聽見意料之外的評價，視線從龜背芋的葉片往上抬。
「……請問是哪邊有改變？」
「您已經開始願意提到自己的事，哪怕只是小事。」
而且換作是以前，您絕對不會主動說自己小氣不想看診。綠松石耳環隨著笑意輕晃。對方舉的例子很具體，橘不禁害臊。
「我不清楚是您已經習慣和我說話，還是出自您本身的變化。但不論是哪一種，您已經在這個診間感覺到安全、安心。人若沒有安全感，沒辦法主動揭露自我。橘先生，您已經開始察覺，和別人聊起自己，其實不會有威脅。這就是所謂的『信任』。無數信任彼此交織，就能組成人際關係。」
而諮商室，就是練習如何信任的地方。橘聽到這，想起之前去諮商的時候，醫院人員領著自己，來到醫院裡的小房間。
那間房間的氛圍，有點類似三笠上課用的琴房。
「請問……」
「有什麼問題？」
「假如不小心毀掉您說的信任關係，是不是很糟糕？」
與其說是毀掉，應該算是砸得粉碎。橘說著，不禁哼笑，醫師難得地面露疑惑。橘見到醫師神情有變，忽然第一次明白，眼前的醫師也是一個活生生的人類。
這種事，要看每個人的狀況。橘得到一個四平八穩的答案，不禁焦急。
「我覺得自己的狀況，應該滿糟糕的。」
「具體來說，您做了什麼？」
「……謊報職業，還有未經允許擅自錄音？」
「假如會發展成刑事案件，我可以幫您轉接到其他諮詢窗口。」醫師忽然壓低音量，橘急忙澄清，是工作方面的麻煩事。
「其實，先假設最糟糕的狀況，我可能會和再次遇見自己砸碎信任的對象……」
他現在想到這件事，就快吐了。橘才剛說完，心臟快速跳動，他忍不住伸手壓住心口。您還好嗎？醫師出聲關心，他卻不由自主地想笑。
他絕對想迴避這個窘境，但發生的可能性頗高。
淺葉也許進不了大賽決賽，卻來到合奏團表演的會場。

「橘先生，難不成您平時經常發生這些狀況？」

「您是說毀掉信任關係？」

「啊，不，我是指心悸或想吐。」

「三天兩頭都會發生。」橘輕撫自己的胸口。醫師低聲驚呼，橘第一次見到醫師的反應，才知道自己的狀況並不普通。醫師告知，會為他開立緊急用的鎮靜劑。橘冷漠地心想，自己還真是狀況連連。

陽光灑在龜背芋葉片上，一旁，醫師結束診療之際，說道：

「接續剛才的話題。我認為，假如時間能培育信任，自然也需要時間來修復毀壞的信任。如果破壞信任的原因在自己身上，至少要表現出修復的誠意。」

全著聯的批判熱潮早已過時。新聞每分每秒都在推陳出新，沒過多久，派到三笠的臥底員工一案已經被眾人遺忘。

然而另一方面，媒體仍定期刊登音樂相關專業人士所寫的評論。

想演奏某一首樂曲，是學生到音樂教室上課的動力之一。不論那樂曲是流行音樂，還是古典樂，都是一樣的。我們放長遠一點，從發展音樂文化的角度來看，全著聯現在採取的做法，當真是最適當的做法？倘若音樂教室課堂上演奏樂曲，而著作人從中徵收著作權使用報酬之後，會不會導致整體音樂業界萎縮？今後，三笠等音樂教室很有可能只教授著作權到期的樂曲。從某方面而言，他們的經營方針會變得比較正派。但對於某些學生而言，他們只是想演奏一些帶有過往回憶的熱門樂曲，而踏進音樂教室大門，卻被告知，沒有人能夠教導他們這些樂曲，這會不會未免太過嚴厲？現在業界內外都出聲抗議。也有作曲家發出聲明，同意音樂教室免費使用自己的作品。音樂離不開人。全著聯至今為了國內音樂業界，做了諸多重大貢獻，這些眾所皆知。但我仍希望他們可以重新商討現今的做法。

從該篇評論往下滑，便可看見某一則留言。

他們要錢，那付錢不就好了？

合奏團發表日前一晚，橘早早就開始緊張，拿起失眠門診開立的緊急用藥，嘗試性吞了一顆。他暫時仰躺在床上，望著天花板發呆，心悸的聲音仍然吵鬧。身體橫躺的時候，心臟卻莫名驚醒，彷彿遭遇地震，難以平靜。

他剛才只是在思考，自己明天打算去「薇瓦奇」露個臉，是不是該事先聯絡佳澄？結果卻變成這副德行，當天的慘況可想而知。自己到底要拿什麼臉回去那些人的身邊？

藥物生效之前，橘的頭腦轉著各式各樣的念頭。

他回想著謝師派對成員的面孔，真要說自己不想見到誰，首先就屬梶山，因為他很氣橘擅自斷絕來往；換作梶山碰到類似狀況，他會怎麼做？他也許會向所有人解釋經過。他不會像橘一樣情緒化，甚至會親自露面做最後的道別。

接著，橘又做了沒意義的想像。假設今天是蒲生被全著聯派去當臥底，他一定中途就會暴露身分。畢竟不是每個人都擅長說謊。單就說謊這點，花岡也許能做得很漂亮。但橘是基於娛樂電影的形象去判斷，花岡肯定不適合當真實世界的商業間諜。佳澄就更不可能了。腦中一閃過佳澄的事，橘又想起自己隨便鬼扯公務員考試的建議，不禁內疚得臉要噴火。

想當然耳，自己最不想見到淺葉。

話雖如此，橘明天應該不會在「薇瓦奇」見到淺葉。音樂大賽決賽在即，現在可說是他人生最重要的考驗。

但橘也不確定有沒有可能。

手機傳來震動聲，橘沒有理會，八成又是售票網站的宣傳訊息。當他驚覺震動聲持續響了好幾次，他才猛地從床上跳起來。

可能是藥物生效了，心臟的聲音並沒有變快。

橘怯怯地伸手拿手機，一見到來電顯示名稱，卻登時脫力。怎麼會是他？是琢郎。自己甚至完全忘記在剛才的回憶一覽表讓他登場。

「喂……」

『喔，橘先生嗎？』

橘答了是，總覺得這狀況實在太蠢，沒半點緊張感。

他不知道該感謝藥物生效，還是該怪電話另一頭是這傢伙。

『抱歉啦，突然打電話來。我聽說你封鎖我了，想說確認一下。你現在能講電話？』

「可以，而且怎麼說，我已經解除封鎖了。」

不好意思，事情鬧得有點大，打擾到大家。橘沒來由地開口道了歉，卻也覺得莫名其妙，為什麼自己第一個道歉的對象是琢郎？說實話，他根本不在乎琢郎。而琢郎應該也和橘一樣，不太在乎橘。

琢郎是研究生，年齡和橘最接近。但兩人完全合不來，謝師派對的成員裡面，橘最不留戀的只有他。

腦袋空蕩蕩的，總覺得感覺很奇怪。

『之前新聞講的全著聯，原來橘先生就是那裡的間諜啊。我是說網路上燒很久的那個新聞。』

「對，就是那間。」

『我身邊第一次出現網路上正在砲轟的對象，有點嚇到。之前橘先生上課的時段，現在換我去上了。星期五晚上的時間真不錯耶。我實在太懶得星期六白天特地跑到二子玉，換時段算是幫大忙了。啊，然後我打來要說的是——』

結果你會不會去聽合奏團表演？琢郎輕浮地問，橘聽了，氣得差點大吼，開什麼玩笑。

別人煩惱得要死要活，他卻隨隨便便就說出口。

「我會去。」

『喔，收到。』

琢郎說，佳澄沒辦法打電話給橘，他才直接來確認。橘聞言，覺得奇怪。

「……我很久之前就已經解除封鎖了。」

『她不是說打不通啦。她應該是想到還被橘先生封鎖，就怕得不敢按通話鍵吧？』

你至少要傳個訊息給人家。橘登時大受打擊，簡直想掩住臉。他萬萬沒想到，自己竟然會被這個看似腦袋空空的男人正經提醒。他突然累了，很多事想想都覺得很無聊。

人生總是會發生許多意外。

只要人還活在世上，總是意外不斷。

「琢郎，你要去聽合奏團？」

『研討會快到了，我沒辦法去啦。不過，淺葉老師好像會到場。』

咦？橘下意識回問了一聲。琢郎若無其事地說老師有在群組回覆，說他會過去聽表演。

他到底在說什麼？橘腦子頓時空白。

「……這個月底不是有音樂大賽的決賽？」

『淺葉老師在第二次預賽就被淘汰啦，他沒有進決賽。』

網路上看得到比賽結果。琢郎說得平靜，橘卻全身僵硬。他沉默了好一陣子，又聽到那懶散的嗓音說，看來收訊不太好。

合奏團表演的晚上，橘隔了不知道多久，又坐上田園都市線，目不轉睛地凝視車窗外。多摩川河堤的暗處，漸漸接近。

夜晚的車窗宛如明鏡，倒映著窺看鏡面的人。不知何時，鏡中表情缺乏變化的男人，已不再年輕。

全日本音樂大賽，大提琴項目的決賽出賽選手一覽表上，沒有淺葉櫻太郎的名字。橘看了好幾次，仍舊找不到。表上全是陌生人的名字，就如同當初那份只有作品編號的指定曲目表，感受到無比的疏離感。決賽選手名單已經發表很久了，現在這世上，恐怕只剩橘還不停按著重載按鈕。

未來不管再過幾年，選手名單上都不會再出現淺葉的名字。

在二子玉川站下了車，假日夜晚熱鬧非凡。現在處於季節交替的時節，走在街道上，人的打扮也是形形色色。橘茫然地想，自己應該加一件衣物。出了驗票閘門，在外頭走著走著，便感到一陣寒意。

轉身望向站前大道，另一頭看得見三笠二子玉川分校的大樓。

橘往多摩川方向走去，沒多久，便來到那座橋邊。最接近「薇瓦奇」的車站明明是二子新地站，自己卻起了莫名的義務感，覺得必須通過這座橋，再前往餐廳。再過十分鐘，就要抵達餐廳。他的感覺依舊不太真實。也許是因為事前服過藥物，他的心情格外平靜。

老師如果在現場，自己該跟他說什麼？

望向遙遠的橋梁，移動中的汽車彷彿一道道光亮。是那座光輝燦爛的某某橋。遙遠的記憶復甦，他卻想不起那個單字。

他如今猛然一想，也想不起匈牙利語原本的名稱。

打開餐廳的門，首先是音樂率先撲來。現場爵士樂和數位音樂截然不同，震撼著肌膚。餐廳內側看得見沒有臺階的舞臺，和橘同年代的人們愉快地展開表演。一名矮小女性正在演奏龐大的低音提琴，橘看了覺得稀奇。

他大致環視店內一圈，沒有見到熟面孔。

「今天本店採單點無限供應制，飲料、餐點都可以只選一項，無限享用。」

橘坐到柱子後方的座位，面熟的服務生隨即現身。他點了無酒精啤酒，冰涼的酒杯隨即上桌。他心想，幸好店內比較避人耳目的位子還空著。舞臺前的餐桌坐著一群人，似乎是爵士樂隊的朋友，氣氛之熱鬧，媲美同學會。他們彷彿變成某種防波堤，橘覺得很可靠。

「薇瓦奇」重新裝潢後，顯得清爽多了。餐廳整體氛圍不變，橘看不出實際上有哪些改變，但想必是更新了各種細節。仔細一看，舞臺上裝了像樣的照明。燈光輪廓不明顯，卻讓人備感親切。

舞臺一旁有兩片屏風，並排在一起，後面應該是通往休息室的門。一想到佳澄等人會從門後出來，心臟又漏了一拍。

表演的預定時間，差不多到了。

橘再次膽怯地環視整間店，仍不見淺葉身影。

「今天很高興獲邀參加第一次音樂之夜。我們從大學加入社團就組了團，若不是有這類表演場地，我們應該很難聚在一塊。我們很久沒有在聽眾面前演奏，覺得很感動。這次表演完，我們又想開始搞音樂了。」

男薩克斯風手靦腆地抓著麥克風。橘聽著他的致詞，想起還在三笠音樂教室上課時的種種。

一再練習同一首曲子，直到能順利演奏。拚了命想奏出美妙的聲音。當時的自己成天專注在大提琴，如今甚至記不得當時還做了什麼事。自己從未偷懶過。換作別人，只會把拉琴當作上班族的閒暇嗜好，自己卻不這麼想。無時無刻都很認真。

「我們平時各自做別的工作，過著和音樂無關的每一天。雖然認真生活很快樂，但偶爾能像這樣站上舞臺，感覺眼前的景色都不一樣了。該怎麼說，也許這麼講有點太誇張，來表演之後，我覺得自己的人生其實還不壞。」

發表會那一天的景象，對橘仍然記憶猶新。同理，這名男薩克斯風手恐怕也不會忘記今天。從那平坦的舞臺望向臺下，情景想必也很美妙。不過，橘已經體會過，世上還存在一種炙熱的熱情，小小舞臺難以容納。

比起琴房、音樂酒吧，我想到更寬廣的音樂廳裡拉琴。三笠的講師表演，只是雇主「讓」我上臺，我更希望用自己的名聲吸引聽眾。

爵士樂團的表演結束，可聽見掌聲此起彼落。爵士樂團招手回應眾好友的聲援，慢慢離場。

在場沒有主持人，節目交替的界線很模糊。

第一個從屏風後走出來的是蒲生，他打扮得像是新娘的父親。

「啊。」

他的手指毫無惡意，筆直指向橘。

前方座位的客人回過頭來。同一時間，梶山等人和發表會當天一樣，身著正式服裝，拿著大提琴，出現在舞臺。

梶山身著燕尾服，一和橘對上眼，橘的心臟就猛地一跳。

「你這個沒良心的傢伙，終於來了啊！」

梶山握住麥克風，語氣凶狠，直瞪著橘，在場客人不知內情，紛紛竊笑。儘管梶山粗里粗氣地緊抿薄唇，他卻不像真心發怒。一旁的花岡一身黑色長禮服，垂下眉角，小小地招手。佳澄穿上香檳金禮服，望著橘的方向，臉皺成一團。

他們真實的反應，完全異於橘的想像。

這些一起演奏大提琴的好夥伴，他們一直很善待橘。梶山、花岡、蒲生、佳澄，他們不可能還沒聽過橘的說法，就擅自投以輕蔑的眼神。為什麼自己會單方面害怕他們的反應？

透明牆壁的另一頭，到自己這一邊，顯然有落差。那面厚重的牆壁，自動扭曲世界原有的模樣。自己的疑心打造了那道巨大防護牆，把眼中所見的事物全都轉換為危險。

這股危險，只是幻想。

他該汲取的現實，總是存在於恐懼的另一頭。

「我們這些成員，今晚是第一次一起演奏。現在可是非常緊張。我相信在場很多人都知道，我們手上的樂器，叫做大提琴。雖然是小提琴的親戚，卻能拉出更低沉的聲音。希望我們的演奏，可以讓更多人體會大提琴的好。」

花岡負責轉場期間，服務生在舞臺上排好四張椅子。等到椅子按照相等間隔排好，四人各自坐下，架起琴弓。

接下來明明不是自己要演奏，感覺卻很神奇。

那股芬芳的緊張感，撐起了橘的背脊。

梶山開始伴奏，花岡緊接著疊上旋律。兩小節過後，蒲生也演奏相同旋律。再過兩小節，佳澄演奏一模一樣的旋律，彼此相疊，交織成「卡農」的協奏和弦。弦音一層又一層，編織出春之光暈，震動這一剎那。眼前的空間逐漸寬廣，意識忽地飛向遠方。

橘心想，他好想拉大提琴。

再一次，好好地拉。

「你在幹什麼？」

演奏即將結束，就在這時。

「我在問你，你在這裡幹什麼？」

橘明白狀況之前，全身頓時寒毛直豎。怦！巨響一聲，心臟差點應聲破裂。

男人背著純白大提琴盒，站在支柱旁。

「在小野瀨的音樂會會場裡……」

「嗄？」

「我偶然遇見佳澄，她邀請我來。」

橘的低語宛如藉口。是喔。淺葉說完，轉而面向舞臺。

演奏結束，四人起身，傳來掌聲。膨脹過度的罪惡感，阻礙思考，橘想不出合適的反應。他身在陰暗餐廳的角落，心中的慌亂，前後左右不停回彈。

三船說過，對方就算聽見自己的道歉，也只會覺得困擾。

「我現在很吃驚。」

「嗯……」

「她講一聲，你就會來喔？我完全預測錯誤，嚇了一跳。」

畢竟你想想，你自己要拿什麼臉過來？淺葉罵道，怯懦的心臟聽見責罵，差點停止跳動。

自己似乎很欠缺對於他人的想像力。正如三船所說，自己道了歉，淺葉也只會覺得麻煩，甚至會更火大。

但是自己對於對方的想像，全都只是牆壁這一頭的景象。

他是時候，該主動跨過自己建立的巨大防護牆，往外踏出一步。

「那個。」

「幹麼？」

「我對於自己做過的一切……真的感到非常抱歉。」

這次明明是最後的機會……橘忍不住多說了一句，淺葉又一次面向橘。

「你知道音樂大賽的結果？」

「是琢郎告訴我的。」橘低聲回答：「琢郎的名字怎麼會在這時候冒出來？」淺葉的臉揚起一絲笑意。那抹笑並不到開朗的程度，卻足以掃開劍拔弩張的氣氛。

「全日本音樂大賽第二次預賽落選。這結果不太意外，甚至可以說我很拚了。」

淺葉很不解：「為什麼需要你來道歉？」

「可是……」

「可是什麼？」

「要不是我在最後一刻捅了奇怪的簍子，老師應該能……」

應該能在比賽獲得更好的結果。橘不敢說到最後。

據說戰況極為火熱的音樂大賽中，精神力的強弱會決定結果。淺葉的練習期間本就嚴苛，自己卻帶給他不必要的負擔，這是不爭的事實。

假如自己能徹底隱瞞臥底調查的種種，順利離開三笠。或者是，自己一開始就不要選那間教室臥底的話……

也許結果能稍有不同。

「你難不成認為，我沒能進入決賽，全都是你的錯？」

你少往自己臉上貼金。橘感受著淺葉平靜的怒意，知道自己也許又有天大的誤會。

然而，鳶紅棕色雙瞳早已蘊藏更沉穩的事物。

「天氣、災害、甚至歷史悠久的音樂大賽結果，難不成你覺得世上的一切都該怪你？你就跟上帝一樣，天下萬物都受你影響？怎麼可能。我還沒原諒你，在我人生的重大考驗前，給我搞個大麻煩，但這是兩回事。比賽結果顯示我的實力就這種程度，輪不到你來跟我道歉。」

淺葉解下硬殼琴盒，放在地板上，解開固定扣環。他直接打開琴盒，蜜糖色的樂器出現在眼前。

舞臺上，花岡還在介紹合奏團成員。

「早知道……我應該穿像樣一點再過來。」

「咦？」

「青柳一直來煩我，所以我之前說假如橘有露面，我就上去拉一首。我以為你絕對不可能來。那些傢伙為什麼穿得這麼正式？我現在被叫上去，看起來不就像個傻子？」

橘重新看過淺葉全身，他腰部以下穿的是棉褲。淺葉搔著後頸，嘮叨我衣服來不及洗，只剩這件能穿。

「姍姍來遲的櫻太郎老師，您準備好了嗎？」

花岡隔著麥克風催促，淺葉朝舞臺大喊一聲：「等我一下！」他的喊聲夾雜苦笑，客人再次傳出竊笑。

活動來到尾聲，現場也炒熱了氣氛。這個空間充滿表演者的熟人，氛圍沒有一絲尷尬。

淺葉轉了轉琴弓底部的螺絲，白馬毛頓時收緊。

「就算你假造自己的經歷……」

人的本質是裝不來的。橘聽見淺葉的嘀咕，不禁縮了縮身體。淺葉抓住琴頸，慢慢從琴盒中提起大提琴。
橘很害怕，不知道接下來會聽到什麼樣的話語。
「我以為你自己切割了關係，就不會再主動靠近。不論事情經過，你犯了大錯，應該再也不敢回來。我的預感基本上很準。」
淺葉仰頭望向舞臺的燈光。但我的預感落空了。
「你真的過來了。還真是世事難預料。」
男人抓著蜜糖色大提琴，背影逐漸走向明亮的那一處，掌聲逐漸響亮。儘管掌聲不如大音樂廳那樣歡聲雷動，餐廳內仍處處聽得見喝采。
中央只剩下一張椅子，佳澄等人退到屏風後方。
「好的，在活動的最後，特別來賓終於登場。這位是淺葉櫻太郎老師，現在在三笠二子玉川分校擔任大提琴講師，教學積極，人又優秀。來，請櫻太郎老師說幾句藉口，你怎麼會在愛徒的表演上大遲到？」
淺葉坐在舞臺的椅子上，伸長脖子，湊到花岡遞出的麥克風前。他一臉尷尬地回答：「抱歉，電車延遲。」梶山從屏風後插嘴道：「是電車延遲，就放你一馬！」兩人沒意義的對話，又掀起一陣笑聲。
套著亮灰色棉褲的膝蓋，夾住大提琴琴身。
「呃……如同剛才的介紹，我是淺葉，現在在三笠當講師。在座各位如果對大提琴有興趣，歡迎來找我。我們也歡迎新手加入。」

淺葉架起琴弓，餐廳隨即靜了下來。

他曾經一而再、再而三地教導橘這首曲子，《雨日迷宮》。輕柔的音壓，化作釋放在深海中的聲波，精準定位橘的座標，清晰描繪出他身邊的線條。

活動在盛況中結束，店內的氣氛頓時變得輕鬆。爵士樂團的大批親友桌散場後，舞臺前的空間忽然變得空曠。服務生迅速收拾殘留的大盤子與酒杯。

橘正準備離開餐廳，不小心被佳澄逮到。

「我們等一下要慶功，橘先生也來參加吧。」

「我還沒做個了斷，不能隨便回歸。」

佳澄堅持，沒有人在乎橘有沒有做了斷。橘雖然困擾，但想趁這個機會，好好把內心的想法告訴佳澄。

自己始終只會逃避，是這個女孩子用盡全力，推了自己一把。

「合奏團的表演真的很棒，棒得讓我又想拉琴了。」

謝謝妳邀我過來。佳澄在音樂會會場與橘重逢時，氣勢逼人，如今聽到橘的道謝，一時語塞。

女孩的雙眼隱隱泛著淚膜。橘驚覺的瞬間，忽然又後悔了，自己不該什麼都沒想，雙手空空跑來。早知道應該買束花，慶祝佳澄考試過關，也紀念這難得的舞臺表演。

橘獨自走出「薇瓦奇」，走在二子新地的商店街裡，大多數的商店已經關門。他在毫無人煙的秋夜路上，深深呼吸，神智漸漸清醒。

忽然間，橘感覺到別人的氣息，停下腳步。只見商店的鐵捲門框化作鏡面，倒映著自己的身影。

他對於自己的印象，始終定型在遙遠過往，那般脆弱。然而鏡子裡的人，無庸置疑已經是個大人，已經能輕盈地跨越自己的想像。

終樂章

隔年春天，一則新聞再次獲得眾人關注。

東京地方法院全面承認全著聯方主張，判定其向三笠等大型音樂教室請求著作權使用報酬，為正當行為，駁回原告。

「音樂教室聯合會」得知判決結果，欲繼續上訴。

橘樹因過往案件引發的深海，現在仍會不時重現。

「你剛才的點心在哪買的？滿好吃的。」

看你平常那個悶樣子，倒是滿會挑點心的嘛。磯貝沒有惡意，呵呵笑道。橘繼續清理辦公桌周遭，回答：「在車站大樓裡買的。」他細心擦拭螢幕後方以及電線，汙垢比想像中更明顯。

橘差不多清理一遍，回頭望向歸還物品的檢查清單。總務遞來給他A4大小的褐色信封，已裝有健康保險證、公車和電車的定期票。剩下的物品還是帶在身上，直到下班，以防搞丟。像是辦公桌鑰匙、置物櫃鑰匙，還有員工證。

他發現檢查清單上有公司徽章，拉開辦公桌最上層的抽屜。

鮮紅徽章輕巧地滾進信封，他折好信封封口。

「好，差不多要去開小組會議。」

橘聽見湊發號施令，再次確認自己需不需要參與會議，湊笑道：「你就免了吧。」

「何必把今後的工作進度，告訴一個今天就要辭職的傢伙？啊，你要幫接手的人好好整理給外國團體的英文信範例交接資料。」

橘的後任跟在湊的身後。橘聞言，不禁心想，這傢伙直到最後一天相處，還是滿嘴諷刺。「那橘，就麻煩你看家了。」磯貝也離席之後，附近忽然變得空蕩蕩。他同時向仙台分會認識的同事送出離職問候，早早就沒事做了。他喝了一口濾掛咖啡，不知何時，咖啡已經涼掉了。

自己應屆畢業之後，總共在這個職場待了五年。儘管在職期間的狀況曲折離奇，也算是努力過了。

橘等著最後的午休開始，第二資料課課長離席已久，忽然從通道另一頭走來。資料部並不忙。這個忠於神樂坂派的男人，想必又為了其他目的，在背地裡祕密行動。

一個組織，宛如生態難以捉摸的深海生物，隱藏其龐大的全貌。一場官司結束，他們仍會繼續潛行。

今天，在那不見天日的地下室，恐怕又開始別的計畫。

「橘，你今天是最後一天上班啊。已經決定下一份工作了？」

鹽坪一和橘對上眼，蛇蠍般的面孔勾起了笑。他厚著臉皮，假裝關心從未交流過的年輕人，橘也跟著勾起嘴角。

就在上週，橘終於完成資料庫檔案的標題電子化工作。

「是，我已經平安找到新工作了。」

「那真是太好了。祝你去新的地方也能順利。」

「鹽坪先生，非常感謝您以往的照顧。」

橘起身，深深鞠躬。你不需要這麼畢恭畢敬。對方的用詞一如往常，充滿誇飾。這個男人和橘一樣，不太擅長與人交流，也著迷於《鯊鰓鯊》電影。

他明明可以上報橘的犯行，卻不知為何沒有這麼做。

「很遺憾，沒辦法跟你再有工作上的往來。保重。」

鹽坪直接回到自己的座位。在這正午的資料部樓層裡，橘是第一次，也是最後一次，和鹽坪有了像樣的對話。

橘去其他部門打過招呼，晚了點午休，在通往地面的電梯中遇見三船綾香。午間的電梯中十分擁擠，員工們披著外套，不著邊際地閒聊。

官司當晚之後，橘就越來越少撞見三船。

「……我今天其實是最後一天上班。」

「我剛才在總務部聽到這件事了。」

「謝謝妳以往的關照。」橘簡單地行了一禮，三船也回以標致的微笑：「我也是，謝謝你。」她的舉動帶有一種生疏的美，彷彿那一晚從未存在。

電梯門隨即敞開，人群往大廳四散。

「那個，假如妳不介意，可不可以給我妳的聯絡方式？」

「我現在手上只有錢包，等一下我會用公司信箱寄給你。」

我下班前會寄。穿長大衣的美女說完，早橘一步走向正門。然而橘等到下班時間，仍然沒有收到三船的郵件。

橘從全著聯離職隔天，一則新聞引發了話題。

小野瀨晃對音樂教室問題提出諫言。

三笠音樂教室二子玉川分校，從東急田園都市線的二子玉川車站出發，稍微走一段路，就能抵達。建築物外牆別致新穎，從大道上望去，十分引人注目，一樓的樂器店面積，在東京都內屈指可數。沿著銅管樂器展示櫃往內走去，最內側有一道電梯，直接連通到頂樓的音樂廳。

從樂器店直上三樓，眼前的景象頓時開闊。

挑高設計的寬廣大廳，設有風格時尚的休息區。沿著溼度適當的空間走去，櫃檯人員抬起頭來。

「橘先生，您這次是重新加入會員，希望進行大提琴高階個人班課程。很高興再見到您。課程時間已到，請您直接上樓，前往最內側的教室。」

大樓梯讓人聯想到豪華郵輪的內部裝設。走上樓，穿過和緩的圓弧狀通道，沒多久便抵達那間琴房。等到房門近在眼前，橘緊張地呼吸急促。對方很可能不會原諒自己，甚至直接把自己掃地出門。

叩叩兩聲，橘敲了敲門，門內傳來冷淡的招呼聲：「請進。」

巨大的樂器支撐著橘的背脊，陪他一起面對未知的現實。

「這位再次加入的會員，請問你的名字是？」

簡潔的房內，有兩張面對面的椅子。內側的椅子上，男人一臉囂張，整個人靠在椅背上，朝著來人抬起下巴。不到三坪的小琴房內，彷彿化作偉人的宮殿。

淺葉身旁，只放了一把蜜糖色提琴。

「我是橘，橘樹。」

「你這是在搞笑嗎？」

「……我的名字原本就是本名。」

淺葉用力皺起臉。「我不是這個意思，只是問你是不是在玩詹姆士・龐德的哽。」橘低聲說，自己沒看過〇〇七。接著他得到一句隨興的吐槽：「你居然還沒看啊。」

淺葉從橘開門的瞬間，就很好奇橘身後的樂器。

「所以？你今天來幹麼？我聽說我們教室跟貴聯盟還在激烈抗爭中。」

你又打算來為上訴錄音？淺葉的語調不像開玩笑，雙手緊緊扣在胸前。橘否認，解釋自己今天並不是來臥底。他隨即聽見對方的冷笑：「事到如今，誰信啊？」

「我已經離開全著聯，沒必要刺探三笠。我在那之後就換工作了。該怎麼說，總之想劃分好界線。」

「……咦？你離職了？」

淺葉往前湊去，鬆開了手，呆若木雞。

多虧他的反應太逗趣，橘稍微容易開口了。

「我辭職了，不過我也用不錯的條件找到現在的工作。不需要這麼驚訝……」

「廢話，我當然驚訝！單就工作地點來說，全著聯根本是超優良企業。你算過在那邊一輩子能賺多少嗎？要我說，你這簡直要完蛋！你可能還年輕不懂事，差不多要認真考慮以後了。人生剛開始就得意忘形，之後可是很辛苦的啊。」

「我自己認真考慮過，才得出這個結果。還有，我也沒你想得這麼年輕。」

我只是想做得合情合理，以免死了還要後悔。淺葉聽了橘的回答，先是移開了視線，緊接著，他又再次望向橘。

漆黑大提琴盒的琴頭，比橘的頭部再高了一點。

「所以，那傢伙是？」

「我最近終於買了，是在老師之前告訴我的樂器店買的。」

他在那之後開始做諮商，感覺差不多可以背著自己的樂器在外面走了。橘說得斷斷續續，淺葉卻沒有干擾他。

新聞報導也提到，小野瀨網誌文章的標題如下：

音樂教室的師徒關係，可否替代？

「橘先生，這次重新參加課程，有沒有特別想用大提琴演奏的曲子？」

自己碰到每個學生，都會這麼問。淺葉故意說得不帶情緒。看來再次加入會員的人，和第一次加入時相同，都會聽到一樣的問題。

這問題碰到了最適當的時機，橘不禁竊喜。

「我想學巴哈。」

我一直希望能順手地演奏巴哈的《無伴奏大提琴組曲》，從第一號到第六號。橘說得明確，淺葉訝異地抬起頭。

要將自己的真心化作語言，還是很讓人害臊。

「……我第一次聽說。」

「我其實一直希望老師能教我巴哈。我之前來上課的時候，其實已經買了樂譜，但是自己練習根本無法進步。」

齒輪彷彿緩緩咬合，過往的景象逐漸重現。

音樂有力量，能夠無條件撼動人心。如同撞見飛蟲振翅的瞬間，又好似跳高選手令人著迷的高跳時刻。

「好，那我現在就要問你一個問題，很重要的問題。」

淺葉重新問：「橘，你為什麼要選擇這間教室？」

「我知道你買了自己的大提琴，也明白你對巴哈的熱情。但是大提琴教室隨處都有，你可以找到更多比我優秀的講師。更別說對你而言，這個地方有太多不好的過往。你又何必離開全著聯，跑來向我低頭？」

老師與學生之間，存在信任，存在情誼，存在綁定的關係。這一切無可替代。

小野瀨的網誌文章第一段，是從三笠講師的發言開始。

「請問老師的老師，叫什麼名字？」

「漢斯老師？」

「不知道你是否能想像……對老師而言，您的師父只有漢斯老師一個人。而對我而言，『師父』也只有淺葉老師一個人。」

橘說得太高高在上，之後的沉默實在刺人。

淺葉的眉間微微抽動。

「說什麼想像……少在那裡說大話。」

你要呆呆站在那裡多久？淺葉斥道，橘隨即把大提琴盒放在地上。

他迅速把大衣掛上衣架，從琴盒拿出紅磚色大提琴。

淺葉垂下目光，「還不錯。」

橘久違地坐回這張椅子，自然而然抬頭挺胸。

一瞬間，他起了錯覺，誤以為自己又回到臥底的時候，但這不可能發生。

時間只會向前邁進，不允許倒退。

「我要去音樂會表演。在輕井澤。」

「咦？」

「去年音樂大賽上，給一些大人物留下了印象，他們願意給我機會。不過這些事都還早。」

閒聊就到這裡，調弦。淺葉望向牆上的時鐘。

橘開始演奏《無伴奏大提琴組曲》之前，淺葉櫻太郎說道。

別以為自己能夠輕易取回曾經毀壞的信任。

「不過，這裡是三笠音樂教室，來者不拒。不論你的真實身分是什麼，你想拉大提琴，我就會教你。這裡就是如此開明。」

還有，這個月底我帶的班會辦酒會。橘收到一張手繪傳單，全新的行程登時萌芽。

橘的目光回到大提琴譜，音符宛如滴滴雨絲，無限延伸。

主要參考文獻

《大提琴家的故事》，柯林・漢普頓著，瀧川郁久譯，春秋社。
《與另一個自我相遇——音樂治療》，內田博美著，ARC出版計畫。
《專為初學者設計——簡單大提琴入門》，鷹栖光昭、升田俊樹著，DOREMI 樂譜出版社。
《無伴奏大提琴組曲　BWV　1007-1012 樂譜》，J・S・巴哈著，Bärenreiter 出版社。
《大提琴之森》，長谷川陽子著，時事通信出版局。
《百種古典樂的味道——維也納的演奏好聽，更好吃》，平野玲音著，彩流社。
《黃色等於匈牙利的顏色——布達佩斯遊記》，瀨川知惠子著，新風舍。
《流氓，有時來點鋼琴》，鈴木智彥著，CCC MEDIA HOUSE。
《夢魘症》，西多昌規著，幻冬舍新書。
《間諜教戰手冊》，Wolfgang Lotz 著，朝河伸英譯，早川文庫NF。
《JASRAC 概論——音樂著作權法與管理》，紋谷暢男編，日本評論社。

《詳解音樂著作權商業經營——基礎篇第五版》，安藤和宏著，RITTOR MUSIC。
《娛樂與著作權——從基本到實踐——③音樂商業化之著作權（第2版）》福井健策編輯，前田哲男、谷口元著，著作權資訊中心。
《著作權是什麼？》，福井健策著，集英社新書。
《調查情報》雜誌第538、550、551號，TBS媒體綜合研究所。
《深海生物大事典》，佐藤孝子著，成美堂出版。
《深海生物形態大解析》，北村雄一著，秀和SYSTEM。
《拚上性命！鯊魚圖鑑》，沼口麻子著，講談社。

另外參考其他大量資料。（註13）

註13 以上資料皆為暫譯。

筆者撰寫本書時，
得到 CITY LIGHTS 法律事務所的
水野祐律師、前野孝太朗律師多方協助。
在此衷心致上真誠的感謝。

另外，本書內容之所有文責，皆歸屬於筆者。

安壇美緒

ADAN MIO

一九八六年生於北海道，早稻田大學第二文學系畢業。
二〇一七年以《天龍院亞希子的日記》一書出道，並獲第三十屆小說昴新人獎。
另著有以北海道完全女子中學為舞臺的青春長篇小說，《金木犀與流星雨》。

嬉文化

間諜靜靜執起琴弓

（原名：ラブカは静かに弓を持つ）

著　者／安壇美緒
繪　者／よしおか
執 行 長／陳君平
譯　者／堤風
榮譽發行人／黃鎮隆
美術總監／沙雲佩
協　理／洪琇菁
美術編輯／李政儀、陳姿學
總 編 輯／呂尚燁
執行編輯／陳昭燕
國際版權／黃令歡、梁名儀、高子甯
企劃宣傳／陳品萱
文字校對／施亞蒨
內文排版／謝青秀

出　版／城邦文化事業股份有限公司　尖端出版
台北市中山區民生東路二段一四一號十樓
電話：（〇二）二五〇〇—七六〇〇
傳真：（〇二）二五〇〇—二六八三
E-mail：7novels@mail2.spp.com.tw

發　行／英屬蓋曼群島商家庭傳媒股份有限公司城邦分公司　尖端出版
台北市中山區民生東路二段一四一號十樓
電話：（〇二）二五〇〇—七六〇〇（代表號）
傳真：（〇二）二五〇〇—一九七九

中彰投以北經銷／楨彥有限公司（含宜花東）
電話：（〇二）八九一九—三三六九
傳真：（〇二）八九一四—五五二四

雲嘉以南／智豐圖書有限公司
（嘉義公司）電話：（〇五）二三三—三八五二
傳真：（〇五）二三三—三八六三
（高雄公司）電話：（〇七）三七三—〇〇七九
傳真：（〇七）三七三—〇〇八七

香港經銷／城邦（香港）出版集團有限公司
香港灣仔駱克道一九三號東超商業中心一樓
電話：（八五二）二五〇八—六二三一
傳真：（八五二）二五七八—九三三七
E-mail：hkcite@biznetvigator.com

新馬經銷／城邦（馬新）出版集團 Cite（M）Sdn. Bhd.
E-mail：cite@cite.com.my

法律顧問／王子文律師　元禾法律事務所
台北市羅斯福路三段三十七號十五樓

二〇二三年八月一版一刷

郵購注意事項：
1.填妥劃撥單資料：帳號：50003021戶名：英屬蓋曼群島商家庭傳媒(股)公司城邦分公司。2.通信欄內註明訂購書名與冊數。3.劃撥金額低於500元，請加附掛號郵資50元。如劃撥日起 10～14日，仍未收到書時，請洽劃撥組。劃撥專線TEL：(03)312-4212 ・ FAX：(03)322-4621。E-mail：marketing@spp.com.tw

國家圖書館出版品預行編目資料

間諜靜靜執起琴弓 / 安壇美緒作 ; 堤風譯 . -- 1 版 . -- 臺北市 : 城邦文化事業股份有限公司尖端出版 : 英屬蓋曼群島商家庭傳媒股份有限公司城邦分公司尖端出版發行 , 2023.08
面 ; 公分
譯自 : **ラブカは静かに弓を持つ**
ISBN 978-626-356-856-3 (平裝)

861.57　　112008325

從我成為小說家起，在日本外的國家出版自己的作品
便是我最大的目標。
這次《間諜（皺鰓鯊）靜靜執起琴弓》便是我職涯中首次
被翻譯並於國外出版的小說。
能透過如此有紀念意義的作品與台灣的讀者們見面，
真的令人感到非常開心！

Adan Mio
安壇美緒